U0582509

马晓晴·著

贼拉魔性东北话

SPM 南方传媒 | 花城出版社
中国·广州

**图书在版编目（ＣＩＰ）数据**

贼拉魔性东北话 / 马晓晴著. -- 广州 ： 花城出版
社，2024.1
ISBN 978-7-5360-7109-4

Ⅰ．①贼… Ⅱ．①马… Ⅲ．①随笔－作品集－中国－
当代 Ⅳ．①I267.1

中国国家版本馆CIP数据核字(2023)第136436号

出 版 人：张 懿
责任编辑：周思仪 王子玮
责任校对：衣 然
技术编辑：凌春梅
装帧设计：🐮 SUA DESIGN
内文插图：马晓晴

| 书 名 | 贼拉魔性东北话 |
| --- | --- |
| | ZEILA MOXING DONGBEIHUA |
| 出版发行 | 花城出版社 |
| | （广州市环市东路水荫路 11 号） |
| 经 销 | 全国新华书店 |
| 印 刷 | 广州市岭美文化科技有限公司 |
| | （广州市荔湾区花地大道南海南工商贸易区 A 幢） |
| 开 本 | 787 毫米 × 1092 毫米 32 开 |
| 印 张 | 8.75 13 插页 |
| 字 数 | 132，000 字 |
| 版 次 | 2024 年 1 月第 1 版 2024 年 1 月第 1 次印刷 |
| 定 价 | 50.00 元 |

**如发现印装质量问题，请直接与印刷厂联系调换。**
购书热线：020-37604658 37602954
花城出版社网站：http：//www.fcph.com.cn

# 到俺那嘎达扯闲篇儿

有趣儿、好玩儿、找乐儿，是俺（něn）<sup>①</sup>写作，也是读者翻阅这本小册子的唯一目的。东北人是大活宝，说话形象生动，喜欢涞（lǎi）大悬、耍大彪。缺少乐趣，就丧失了了解东北话的一切理由。

有关方言土语的讨论，有论、综述、研究、释义、浅析、管窥、商榷等严肃文体，也有浅谈、闲聊、说说等随笔。我尝试一种更为极致的文本，自名为"扯"——东拉西扯，东扯葫芦西扯瓢，扯犊子，扯淡，荒腔走板，信马由缰，下笔千言，离题万里。

① 文中注音只是用汉语拼音进行近似的注音，不代表真实读音，仅供读者理解、模仿。

《贼拉魔性东北话》不是考据严谨的《管锥编》，但我想为它写一篇相对严肃的序。因为一旦翻过这篇序，就再也没有机会严肃了。

中国东北，白山黑水，气象万千，物华天宝，人杰地灵。以辽河支流西拉沐沦河、老哈河、大凌河为中心的红山文化，距今五六千年，延续两千年，是中华文化的重要源头之一。

医巫闾山被舜帝封为东北幽州镇山，即北镇。坐落在牡丹江一带的肃慎，是虞夏以来东北大国。他们曾经为舜朝贡弓矢。武王克商之后，肃慎氏贡楛矢石砮。

我的祖籍锦州义县，在历史上是少数民族的聚集地：乌桓和鲜卑都是从那里起家的，燕的第一个都城大棘就在义县城边。锦州的名字是辽太祖耶律阿保机起的。他的后人萧太后与宋朝签订了澶渊之盟。萧太后的墓就在医巫闾山下。

中国拥有30处世界自然与文化遗产，辽宁就占有6处：九门口长城、沈阳故宫、永陵、昭陵、福陵、"高句丽"遗迹。从三皇五帝到夏商周，东北的历史脉络清晰，文化厚重。

窃以为，东北话的形成有几个历史阶段。历史上的东北，主要是游牧民族和渔猎民族的聚集地，操着以满语为主导的不同语言。努尔哈赤崛起后，山西商人陆续进入东北。

清军入关后，大量满人进京，广袤的东北大地上只留下了十万人口。东北是满人的龙兴之地，清朝对它做了极端的保护，专门修建柳条边，以抵御汉族流民迁入。顺治十年，辽东招垦，迁10万北满人进入黑龙江，中原人迅速迁入，有了"民人"，形成了比较标准的汉语语音。

而东北官话的形成是在晚清及民国两次移民中完成的：一是山东人渡渤海入辽宁东部，再北上吉林、黑龙江东部；二是河北河南人沿辽西走廊北上。这段历史起始于1905年，到今天也只有100余年的历史。

只有百年历史的东北话，正处于极端的活跃期，不断变化，不断地加入新的词汇和概念，也不断地扬弃曾经流行的词语。因此，东北话具有鲜明的时代特征。

东北方言鲜活生动，极具变化。它包含了很多古汉语的遗音遗韵，但因与中原的距离较远，交流频繁度较低，又融合、夹杂了满语，难以辨识。

东北毗邻内蒙古，蒙古语在东北话里多有表现。俄语词汇进入东北是由于西伯利亚大铁路的修建。日语则源于日俄战争后日本占据辽东，以及对伪满洲国政权的扶植。朝鲜是东北近邻，在历史上，出现过无数次的战争和融合。

比如表示角落的旮旯、表示蜻蜓的蚂螂，是古汉语的遗存。表示口水的哈喇子、表示煤气的嘎斯、表示连衣裙的布拉吉是俄罗斯语。"沙个楞儿的"意为加快速度，借用俄语中的"沙"；"笆篱子"是俄语警察，代指监狱，如"蹲笆篱子"。表示下水道井盖儿的"马葫芦"，表示想尽办法才拿到或实现的"挖弄"（wàlong）是日语转过来的。东北人说"贼好"的"贼"，把裤裆叫"卡布裆"，来自于朝鲜语。把羊、猪等的髌骨叫"嘎拉哈"，把家里最小的孩子叫"老嘎达"，用"稀罕"表示喜欢，用"埋汰"表示肮脏的是蒙古语。把小姑娘叫丫头，把没事找事、无事生非叫折腾，是满语。折腾这个词现已通行全国，同化到了普通话里还有反反复复地做一件事情的意思。东北人管捉迷藏叫作"藏猫"，"猫"来自满语，是"树丛"的意思。东北长期匪患不绝，土匪黑话经常出现，比如表示死的"鼻儿咕"，懂得规矩的"门儿清"。

广义上的东北话，有山东、河南、河北、山西等各地的口音和变音。比如：东北话把客人叫戚（qiě），比如"别像个戚似的"，来自山东官话；把熬叫nāo，比如熬白菜，来自河北方言；皮袄的标准读音是pí'ǎo，东北人说成pí'nǎo，这是天津口音。

我坚信，随着广播电视和互联网的普及，普通话会迅速普及。百年以后，人们虽然都会说普通话，但是根本不会说现代依然残存的家乡话。

文字统一，语音统一，是社会交流的基础，也是文化进步的成果。优胜劣汰，发展趋同是必然。把小语种和方音方言视为非物质文化遗产加以保护，是一厢情愿。我们终将成为历史，包括我们说话的方式。所有的抢救，或许只是徒劳。

我不想说东北话，只想唠唠东北嗑，扯扯不咸不淡的咸淡，再扯扯又俗又雅的闲篇儿。

方言、俚语、歇后语、顺口溜儿，以其传播广泛为世人所乐道。原创者散落民间，很难确认。我们只是东北话的收集和观察者，而不是创造者。本书引用的大量例句，因无法确认著作权属，不标出处。但我依然要向那些热心东北话的编撰者、演员和段子手们表达敬意！

写作令人困惑。在我们的语言中，究竟哪些是方言，哪些是普通话？越是追究，越是困难。

　　尽管东北方言诞生的时间很晚，但学界还是给予了应有的关注。1959年，吉林人民出版社出版了刘禾的《常用东北方言词浅释》，是最早的东北方言词典。1988年，辽宁人民出版社出版了许皓光、张大鸣编，李赓钧审订的《简明东北方言词典》。1991年，吉林文史出版社出版了马思周和姜光辉编撰的《东北方言词典》。2008年，齐鲁书社出版了秦海燕、曹凤霞的著作《东北方言的话语模式研究》。2013年，中华书局出版了高永龙编写的《东北话词典》。

　　纯粹的东北方言有音无字。我们用汉字书写下来的，仅仅是为它注音。只有精确性问题，没有对错问题。要找到一个好的注音字，音相同、义相近，实在是太难了。比如眼巴前儿、眼么前儿、眼目前儿，似乎都对，又似乎都不确切。作者的选择，全凭语感。

　　给东北话注音也是个难题。《到俺那嘎达扯闲篇儿》中的俺，也有人读作nǎn。东北口音，百味杂陈，大连是海蛎子味儿，丹东是沙蚬子味儿，铁岭是苣荬菜味儿的，沈阳有股大碴子味儿……我的锦州老乡，说话时质疑全世界，只用一般疑问句。

我邻家的老奶奶是营口的，她说"热"却发的是"夜"的音。"今天天太热了"，说成"今天天太夜了"。那时候少见多怪，我总是背地里学她，觉得好玩儿。

其实"热"这个字在各地的发音都不同，可谓千奇百怪。比如：广州的发音近似yǐ，杭州的似nié，武汉的似lé，长沙的似yué，漳州的似ruǎ，衢州的似néi，安阳的似zěi，江西部分地方发音同"叻"。东北部分地方发音同"夜"，可以判断，他们都是从胶东过来的。

和广府话、上海话、闽南话、客家话不同，东北人从来不觉得自己有口音，始终认为自己说的是普通话。东北人听普通话没有任何障碍，但说时有自己特别的习惯，且辨识度很高。

写作这本小册子时的感觉，很像春秋时期手持木铎采集古风的采诗官。作为一种民间话语，东北话表达了民众的情绪。收集、整理、分析和研究东北话，不仅有趣，也有文化价值和社会价值。

历史上有《汉书》下酒之说。鄙人非大才，没有写《汉书》的如椽巨笔，但我也想让这部东西有下酒之功、佐酒之效。我希望等到无数个苏子美，通过这篇东西，为喝酒找话题、调动情绪。毕竟，东北那嘎达的人（yín）都好喝两口儿。在贫困的年代，喝酒不靠下酒菜，而是靠聊天：靠那些掏心窝子的真话、那些乐翻天的笑话、那些吹牛的大话、那些不着边的疯话喝。

维特根斯坦说："我的语言的界限，意味着世界的界限。"东北话的界限，也就是东北人认识社会、理解人生的界限。研究这一界限，对我们认识东北具有不可替代的作用。

如果有一天，东北话遁入深邃的历史背景之中，就说明一个时代结束了，一个新的文明时代开启了。从这个意义上讲，我们没必要为它的存续忧心忡忡。

以《贼拉魔性东北话》命名，是因为东北话具有无可比拟的感染力和扩张性。

讲个笑话：一个东北人死了，上帝不愿意在天堂听到东北大碴子味儿，于是把他送到地狱。一个月后，撒旦大汗淋漓跑来说："哎妈呀，麻溜儿地（赶快、抓紧）把那犊子整走（带走）吧，搁（安排到）俺那嘎达（地方）全带跑偏了！"上帝只好把东北人接了回来。又过了一月，撒旦幸灾乐祸地问上帝："内（那个）东北佬怎么样啦？"上帝说：

"说谁（séi）东北佬哪，找削啊！内四（那是）我大哥！"

这篇放在卷首的文字，有些通识性的介绍，也有我个人的认知和体验。因为它不是学术性文字，无须追根溯源、旁征博引、条分缕析。它只是我个人对东北话的感悟，这种感悟只能在我离开东北之后才能产生。

# 目录

Ⅰ

第二章　**着了魔的东北话**

第三章　　**东北神兽**

# 第一章

# 东北那嘎达

# 东北那嘎达

　　诗云，有一个地方叫那嘎达，有一种距离叫不远匣儿。

　　东北山环水绕，沃野千里。朔风吹，林涛吼，峡谷震荡，望飞雪漫天舞，巍巍丛山披银装，好一派北国风光！

　　松花江上，有满山遍野大豆高粱。在那青山绿水旁，门前两棵大白杨，齐整整的篱笆院，一间小草房。

　　…………

　　我一直觉得东北没有风景。从锦州到沈阳，一马平川，地平线无限伸展。直到有一年，我邀请韩国《朝鲜日报》高管谈业务，陪他们走一走，他们不断地趴着车窗向外看，并告诉我，大平原真是太美了。我才知道平坦也是一种美，一种可以震撼心灵的美。

　　十八年前，我离开东北。在我编的最后一期杂志上，写了一段我对东北的认识：那里没有黄山庐山怪石嶙峋、云蒸霞蔚的秀美，但它的山都延绵千里；那里不生长虬枝漫展、争奇斗艳的奇花异草，但那里的松柏都是栋梁之材；那里没有雨打芭蕉、小桥流水的景致，却有千里冰封、万里雪飘的壮观。

东北人说话没准儿，有时把很大的东西说得很小，有时把很小的东西说得很大。东北人常说我们那嘎达，那嘎达也可以说成那疙瘩、那旮瘩、那旮旯，本义是很小的地方，比如疙瘩汤里的疙瘩，鸡皮疙瘩里的疙瘩。中学生长青春痘，就被说成是"你瞅瞅他那张脸，疙瘩溜秋的"。

我们那嘎达，说的是我住的那个地方，是一个可大可小、伸缩自如的空间尺度。如果我和一个义县人说我们那嘎达，是指锦州城里；如果和沈阳人说我们那嘎达，是指锦州地区；如果我和哈尔滨人说我们那嘎达，指的是辽宁；如果和广东人说我们那嘎达，说的就是东北；如果我离开这个世界，到天堂和上帝聊人生经历，也会说我们那嘎达。那一刻，那嘎达指的可能是地球，也许说的是太阳系，甚至是银河系。

那嘎达的范围是由语境决定的。我们那嘎达，没有自谦的主观意愿，但客观上实现了自谦的功能。那嘎达在哪儿？

那嘎达多大？把手伸向东北，五指箕张，它能涵盖千山万水。东北人心大，看啥都小。

东北那嘎达一点都不小。从辽宁最南端的大连到黑龙江最北端的漠河约2000公里。从山海关到东北最东边的抚远约1800公里。东西跨越经度约16度8分，南北跨越纬度约14度10分。整个东三省面积约为80.8万平方公里。

东三省和东北地区是俩概念。东北地区不仅包括东三省，还有内蒙古呼伦贝尔等东五盟，河北承德、山海关辖区，总面积150多万平方公里。真不是一胯子远，不是一小嘎达，老大老大了。

东北那嘎达连地名起的都特尿性，让人懵懵呵呵，似懂不懂。如果不掰扯掰扯，还真不知道它啥意思。

哈尔滨是满语，意思是"晒网场"。在没有修建铁路之前，松花江边的渔猎民族经常在那里晒渔网。就在晒渔网的地方——松花江的太阳岛上，哈尔滨因冰雕被誉为冰城。哈气成冰的季节，这里的琼楼玉宇，晶莹剔透，流光溢彩，美轮美奂，让人流连忘返。

齐齐哈尔为达斡尔语"齐察哈里"的汉译转音，意为"天然牧场"。

牡丹江因江得名，但它和富贵的牡丹花一点也不挨着。牡丹江为满语"穆丹乌拉"的转译，"穆丹"意为"弯曲"，"乌拉"意为"江"，牡丹江的本意为"弯曲的河流"。

佳木斯是满语"驿丞"，又作"嘉木寺""贾木寺"，清政府倒台的时候还只是一个屯子。

兴凯湖的"兴凯"是满语"水耗子"的意思，湖中的耗子很多。兴凯湖是候鸟的天堂，聚集着金雕、丹顶鹤、中华秋沙鸭等众多珍稀鸟类，高峰时期，每天有17万只。渔猎人不懂得欣赏云蒸霞蔚、烟波浩渺，鸟群排空而至，遮天蔽日，却让水耗子大煞风景。

伊春意为"皮衣料"，说明那里是一个皮料生产和集散的地方，具有现代区域经济的显著特征。

依兰是满语"依兰哈拉"的简化。"依兰"意为"三"，"哈拉"意为"姓氏"，"依兰哈拉"就是"三姓"住地。三姓是指"葛依克拉"（葛姓）、"胡什克里"（胡姓）和"卢叶拉"（卢姓）。这是一个有历史的地方，北魏时期勿吉国的中心。唐时，大祚荣在这里建立了渤海国。宋代徽钦二帝坐井观天，就在这里。当年被称作五国城。

虎林是满语"西呼林"的音译，意为"沙鸥"，是沙鸥繁息的地方，与老虎没关系。

宁古塔是清代著名的流放地。郑成功的父亲郑芝龙、金圣叹的家眷，都被流放到了那里。其地位相当于沙俄时期的西伯利亚。宁古塔，满语，意为"六人合围而坐"。1910年，清政府将其改为宁安府，希望这里平安。

嫩江，听着就那么青春靓丽，温婉可人。其实它来自满语"诺尼木伦"，"诺尼"意为"碧绿"，"木伦"意为"江"，即碧绿色的江。

吉林来自满语"吉林乌拉"。吉林意为"沿近"，乌拉意为"江"，即沿江之地。不难想象，吉林设立打牲乌拉的时候，这里冰天雪地，银装素裹，玉树琼花，却有一队队的官商，马踏銮铃，前呼后应，向这里聚集。

兴安岭中兴安是满语，意思为丘陵，岭是汉族人加上去的。

我的祖辈父辈都出生在朝阳北票的长皋。长皋来自蒙古语"查干皋"，意为白沟。尽管我的出生地距离长皋不足百里，但我没去过那里，没有看过白沟的样子。

赫图阿拉是满语，意为"横岗"，即在平顶山岗上建造的城。

过量的信息会给阅读带来障碍，令人讨厌。举这些例子告诉人们，面对东北地名，不要望文生义。虎林不是老虎出没的丛林；牡丹江的两岸并不盛开牡丹；吉林说的是沿江之地，而不是广袤且富足的原始森林。

东北那嘎达人口贼拉少。明朝末期，东北人口总数在百万左右，且极其分散。努尔哈赤迁都沈阳，都城人口5557人。搁现在看，不必说地产大鳄，就算是地产界的马蛇子（小壁虎）都不会动心。1644年，满人"随龙入关"者有90万众，造成了数百里无人迹。乾隆时期东北人口峰值为1057662人，恢复到明朝后期的水平，仍不及现在一个三线城市的规模。盛京将军掌管八旗兵7232人，连同家眷近十万人，是辽宁人口的基数。[①]

1889年，长春府知府衙门成立，领辖农安县，管理人口约10万。这已经包括了所辖县乡。

19世纪末，哈尔滨地区出现数十个村屯。1903年，中东

① 编者注：数据来源于谭玉秀、范立君《闯关东与东北区域文化变迁》，光明日报2021年1月11日。

铁路建成，哈尔滨拥有人口3万。

19世纪末期，俄国夺得大连，在青泥洼建港筑城，集中在寺儿沟的人口在2万至3.4万之间。

1934年，自古兵家必争的锦州，城区13728户，人口70049人。

曾经长期做过远东政治、经济、文化中心的三燕古都朝阳，1947年解放时，城区人口1.9万。

如今，东北那嘎达的总人口达到了1.2亿，有很多有趣的人，如狗剩子、三驴子、二愣子、鞋拔子、山炮、老蔫儿、棒槌、瘪子、二丫、翠花、狐狸精，当然叫王八犊子的真是老鼻子了。

19世纪末，清政府就像老太太过年——一年而不如一年，眼看就鼻儿咕了，完犊子了。

甲午战争后，日本霸占了辽东半岛。在俄、德、法干预下，清政府给日本三千万两白银，日本归还辽东半岛。

甲午战争后，李鸿章拜会沙皇尼古拉二世。沙皇主张"借地修路"：中国允许沙俄在东北修铁路，并放开过境铁路管辖权。这就是干线西起满洲里，东至绥芬河，支线从哈尔滨直达旅顺的中东铁路计划。沙皇给李鸿章画了一个饼：

"将来日本生事，俄国会通过铁路迅速调兵援助中国。"

1898年，清俄签订《旅大租地条约》和续约，允许沙俄修筑哈大铁路。俄国人来到松花江晒网场，将田家烧锅作为修路的初始大本营。哈尔滨市就这样诞生了。

1899年，沙俄把旅大租借地改为"关东省"，实行殖民统治。五年以后爆发了日俄战争，沙俄输了，日本夺取了辽东半岛的租借权，把辽东半岛改为"关东洲"。

随着中东铁路的修建与通车，大批俄罗斯人涌入中国。在第一次世界大战结束时，哈尔滨的俄罗斯人有15.5万。第二次世界大战期间，逃往哈尔滨的犹太人也有5万多。

1940年，伪满洲国政权下有日本人819614人，朝鲜涌入东北1450384人。到1945年，在东北的日本人约有260万。

这些人就成了当时东北人口中的老毛子、小鬼子和高丽棒子。

作为中东铁路枢纽，哈尔滨从松花江畔的晒网场，一跃成为连接欧亚的商贸中心。这里聚集了2000多家外国洋行和商社，与40多个国家进行生意往来。

受益于铁路带来的投资与移民，沈阳发展成"东方鲁尔"。大连、沈阳、长春、哈尔滨构成了东北核心经济带

"哈大轴线"。在这片广袤的人烟稀少的龙兴之地,一座座由工厂、矿山、银行、商店、学校组成的城市拔地而起。

东北的很多城市,都是随着铁路的不断铺设而建立和发展的。

东北铁路交通发达,拉得多,跑得快,拉着响鼻儿,喷着白气,很有气势。东北经济以铺设铁路为肇始,围着火车站进行,沿着铁路线展开。1945年,东北铁路总里程达到11479公里。而在1949年时,全国铁路总里程也不过21989公里。100多年的东北史,与铁路、与火车头有着千丝万缕的联系。

说到这里,我也仿造一段东北顺口溜,表达铁路对东北人生活的影响:东北有句嗑,满嘴跑火车。从南来,向北辙;能东拉,能西扯。能冒烟儿,能载客,能添火,能拉货。一阵大白话,信口就开河。白的说成黑,死的说成活。

# 老把头的"开眼"

东北三宝：人参、貂皮、乌拉草，排在第一的是人参。明嘉靖年间，一斤人参价值白银一钱五分。到万历年间，上涨至三两白银。至崇祯时，涨到十六两白银。努尔哈赤统一女真部落的时候，女真每年在人参上获利达百万两，甚至二百五十万两。东北有人参，比家里有矿牛多了。女真人通过人参贸易，获得了可以推翻明朝统治的经济力量。

满人入关后，人参采办日趋制度化。"打牲乌拉制"规定皇家和八旗王公享有采参特权，严禁私人采参。康乾时期，清廷推行"参票"制，也就是竞标特许经营权。商人通过购买参票，就可以进山采参。

雍正之初，政府发行一万两千张参票，每张参票要上缴人参二两五钱，征银十二两。每采一斤人参，还要征收白银二两五钱的税。山西商人范毓馪购买了一万张参票，承包采参，雇用采参者多达三万余人。

在京城争斗的是采参的权利；在苍苍茫茫的长白山和大兴安岭深处，采参人祈祷的是平安吉祥。富贵险中求，一旦采参人走入荒山野岭，随时都可能陷入虎穴狼窝，没有补给，装备缺失，凶多吉少。也有可能麻达山①，蒙头转向，迷途失偶，什么都找不到，空手而回。

在长白山，采参也叫"放山"。一个男人，能够手拿着索拔棍加入参帮，跟随着参把头放山了，就说明他成熟了，有胆有识，可以信赖和依靠。

农历三月十六日是传说中的长白山山神老把头孙良生日。采参人会在这一天到神庙祭拜。祭祀山神，把头保佑。放山快当，棒槌拿够。风调雨顺，年丰人寿。

为了避免麻达山，采参者和猎人还专门要祭拜指路女神，一位是勒库里妈妈，一位是觉昆赫赫，还有一位威虎妈妈。她们掌管着那个时代的GPS导航系统。如果祭拜的人非常虔诚，信号就不会弱。

谷雨过后，参把头就开始召集希望放山的男人进山采参，称为拉帮。大家带着鹿骨钎子、索拔棍、快当刀、快当

---

① 迷失在山中。

斧子、红绒绳、油布、铜钱等采参工具和小米、咸菜、炊具等生活用品。进山时再找三块石头，磕头烧纸，供奉山神爷老把头。

参帮会在山里搭一个窝棚，作为临时住所。按照习俗，参帮下山的时候不能拆这个窝棚，甚至要把剩下的粮食、柴火等生活用品留下，为后来者行个方便。

采参多半是在夜深人静的时候进行，不能说话；不准拉屎撒尿；树墩是山神老把头的座位，绝对不能坐。

进山挖参，参帮一字排开，两边都是最有经验的人，以避免走失。如果有人发现人参，必须大喊一声："开眼！"这声音越大越好。也许距离这伙儿参帮不远，还有别的采参人，他们听到声音赶过来，也会分享这种发现。这种发现人参的叫喊被称为喊山。

把头会问："几品叶？"就是问人参的生长年限。如果回答三品叶，人们就会回应："快当！快当！"就是"吉祥！吉祥！"的意思，这叫作应山。

把头将棒槌锁的一端系在参茎上，另一端系在索拔棍上，再带领众人磕头，向山神表示谢意，然后才开始挖参。挖参也叫抬棒槌，需要极端的耐心。为了保证每一根参须都不断裂，其精细程度不亚于考古挖掘，要使用鹿骨做成的钎子。有时抬一苗棒槌需要几天的时间。挖好人参之后，要在附近的大树上割一块树皮将人参包住。还有一件事是必须要做的，在发现人参的最近一棵树上，用刀刻下记号，留给以后的采参者，这种记号被称为"兆头"。

取出人参后，要在挖出人参的地方蒙上红布，在把头的带领下跪地磕头，感谢山神的恩赐。磕完头后，把头收好人参，众人离开。而且在整个下山的过程中，不许讨论人参的价值。

采参人给发现的年头还不够的人参系上红绳，上面还要系一个铜钱：一是做记号，明年来这里采；二是告诉其他采参者，这一棵人参已经被人发现，名参有主了，这样其他采参客就不会采。这种信誉只有采参人才能理解并尊重。大家都在山神面前磕过头，知道进山不易，在自己挣饭的同时，也给他人留口饭吃。这是真正的慎独，在茫茫山林中，除了自己那颗良心，什么约束都不会有。这是最粗鄙的东北山里人，给我们的"开眼"和"兆头"。哪怕是在大山深处取利，也心怀敬畏，心怀感恩。

今天，我们还在说"开眼"，意思是看到了难得一见的好东西。有些神秘莫测的文物贩子，会悄没声儿地说："我有一件好东西，从来不给别人看，咱俩有眼缘儿，我给你开开眼。"

# 冬捕的"听喝"

老辈儿人肯定想不到，世代相传的冬季凿冰打鱼会成为发家致富的门路。吉林前郭县的查干湖冬捕、辽宁康平的卧龙湖冬捕、哈尔滨长岭湖冬捕、吉林长春石头口门冬捕、黑龙江镜泊湖冬捕、齐齐哈尔梅里斯湖冬捕，都有拉动旅游经济的功利心。尤其是查干湖和卧龙湖冬捕，竟然能顺藤摸瓜，追溯到辽金时期皇帝"春捺钵"巡幸，显得根红苗正，特别热闹。

辽金时期，皇帝每年都要携群臣、宫妃等众人从上京临潢府出发，约行60天，来到塔虎城，做"春捺钵"巡幸，在达鲁古河或鸭子间凿冰捕鱼。当捕获第一条鱼后，即设"头鱼宴"。皇帝还要亲自放鹰捕天鹅。捕获第一只天鹅时，又要举行"头鹅宴"。女真各部落酋长也要参加。

公元1112年，天祚帝来到春州，在混同江钓鱼，举办头鱼宴。天祚帝命令各酋长起舞助兴。唯独完颜阿骨打说自己不会跳舞。天祚帝劝了几次，竟然没劝动。几天以后，天祚帝悄悄地跟枢密使萧奉先说："完颜阿骨打这个人很不寻常，给他找个差使，派往边疆，杀掉，避免后患。"萧奉先却说："那个土豹子不懂事，杀了他，恐怕会伤害各部落对我大辽天朝的忠心。就算他有异心，也掀不起大浪。"这顿头鱼宴，让完颜阿骨打和天祚帝结了梁子，也让辽代走到了历史尽头。

查干湖冬捕的"祭湖醒网"仪式包括采集圣火、跳火神舞、祭祀长生天、唤醒神网、捕捞头鱼、头鱼拍卖，表演化、市场化味道很浓，让人忘了万物有灵。萨满巫师和鱼把头仅仅是冬捕环节中的两个角色。

冬捕很危险，掉进冰窟窿很难生还，这才有了祭湖。凿冰下网之前，老鱼把头会把五谷放在网兜里，祈祷湖神保佑平安。冬捕让人期盼，大自然的馈赠十分慷慨。想参加冬捕，就要找到东家，找到鱼把头拿上"四盒礼"入网伙子。能被接纳的，首先是很灵光，也叫"好使"；再有就是必须听从鱼把头的指挥，也叫"听喝"。

直到今天，"听喝"一直挂在东北人的嘴边。"我儿子你就放心吧，绝对好使，老本分了，挺听喝的"，是过去对鱼把头的许愿，也是今天将孩子托付给人的基本表态。

相似的语言还有："不听喝绝对不好使""干好干坏是能力问题，听不听喝是态度问题"。

东北人端起酒杯，说自己绝对好使、绝对听喝，是传承已久的表述。好使是能力，听喝是态度。

北方的冰天雪地，不仅给了人吃头鱼的追求，还出现了吃开江鱼、开湖鱼的习俗。整整一个冬天，江湖的水面冻结了，鱼在江湖下，没有多少吃的，也不怎么游动，身上的土腥味儿没有了，变得极其鲜美。一旦冰面融化了，鱼欢实了，吃得多了，开始发育了，在吸收营养的同时，也变得混浊了，味道也就差了。因此，吃开江鱼、开湖鱼的时间只有短暂的十几天。

万物有灵，是东北少数民族对于自然界的根本认识。鄂温克、鄂伦春的猎人认为禽兽是山神豢养的，猎人猎获的品种和数量，都是由山神决定并赐予的。山神有时候还会变成老虎或老人，在山林中游荡。

猎人会用柳条编一只小鹿，在小鹿肚里塞上些东西，用弓箭射它，围观的族人会纷纷叫喊："打中了！打中了！"

猎人就取出小鹿肚子里的东西，放在棚架上祭祀。他们将啄木鸟放在水上，鸟嘴朝上张开，然后再把啄木鸟挂到树上，用来祈求雨水。

渔猎民族向自然索取，也对自然表达感激。他们向自然表达自己的愿望，也是自然的一分子。这就是萨满，就是好使、听喝。

# 来神儿了

　　一个被大家视为空气、可有可无、蔫了吧唧的人，突然改变个性，出现了莫名其妙的兴奋，自我感觉超爽，东北人对他的评价就是"来神儿了"。常常说："你看看他：说不说的，还来神儿了。说他胖，他就喘；给他点颜色，他就开染坊；给他点阳光，他就灿烂；给他立根竿，他就往上爬。"

　　今天，"来神儿了"是个贬义词，形容人超乎寻常的亢奋，说一些实现不了、不着边际的疯话。有人在酒桌上躲躲闪闪，直到大家都上听喝蒙圈了，才频频举杯吆五喝六，也被说成是"来神儿了"。

　　"来神儿了"和一种神秘宗教——萨满教的仪式有关。和佛教有寺庙、道教有道观、基督教有教堂不同，萨满教没有固定的道场，也不确定信仰某个神。砸烂"封资修"的时候，神像被砸，图腾被砸，但萨满却砸不着、砸不碎，它飘浮在空气里，看不见，摸不着，却在呼吸间，无所不在。

旧时东北从事渔猎的满族、蒙古族、赫哲族、鄂伦春族、鄂温克族、达斡尔族、锡伯族人，信仰万物有灵。他们上山狩猎，采挖人参，会拜山神；他们到河湖捕鱼，会拜湖神；他们遭灾患病，会请萨满巫师到家里跳大神。

萨满巫师并不是神，只是神的弟子，是普通人与神之间的中介。

跳神的萨满身穿着几十斤重的神衣，用皮毛、丝绸、布片和树皮剪着绣着各种各样的动植物形象，沾着羽毛和贝壳，还要戴上坠满长短不一、五颜六色的飘带的神帽，上面还有小铃铛、铜镜和鹿角，左手持鼓，右手拿鞭，面对病人，盘腿坐在炕的西北角，双眼半睁半闭，打着哈欠，一边击鼓，一边跳跃，一边吟唱，声调低沉，却具有上天入地的冲天神力。

请跳大神的人家，一家老老少少，包括他的街坊邻里界比儿子①，把屋子挤得满满当当。

跳大神的跳跃有多激烈？四大蹦给出了答案：鱼出水、

---

① 界比儿子，指隔壁邻居。

跳大神、活燎兔子、踩电门。

急促的鼓声，紧闭的双目，全身抽搐，神灵附体。这是一个交接的仪式，萨满的灵魂要脱离自己的肉身，将其让位给请来的神仙。神仙"借壳上市"，为病人排忧解难。

萨满请来的神仙，可能是古老的祖先，也可能是狐仙黄仙。他借用萨满的嘴询问病人的生辰八字、所问何事。

有时候查起来非常简单，大仙会告诉患者犯了哪个神仙的规矩，要给某个神或者某个鬼做祭祀，要供奉哪些东西。既然是神仙要求，没人不答应。有的时候，大仙看不出来问题所在，或者他道行不深根本对付不了伤害患者的那个神仙，只能要求患者另请高明。

最早的萨满巫师作法方式没这么复杂。某家孩子出了状况，高烧不退，人事不省，会请萨满求乌麦，为婴儿找回灵魂。

乌麦是传说中长得很像小鸟的孩子的灵魂，求乌麦就要杀一头黑色驯鹿，熄灭所有的灯火，请萨满骑着去寻魂。萨满不住地敲着鼓，不住地旋转，做出骑着驯鹿奔跑的样子。随后，点上灯笼火把，看萨满的鼓上是不是有孩子的头发。如果有，就说明孩子的灵魂被找回来了。那就再用木头刻一个象征孩子灵魂的小鸟形乌麦，缝在小孩衣服上。

鄂伦春族人心目中的山神叫"白那恰"。鄂伦春的猎人，特别是那些撵鹿人，进到深山，都要选一棵大树，砍去一块树皮，刻上人脸的形状作山神，并向其叩拜敬酒。他们还会预备好几根马尾长鬃毛，系在山神旁边的小树上。这样山神就会保佑撵鹿人多打野兽。

鄂伦春族人和深林里的老虎、熊瞎子相处和睦。如果有一头熊低头吃浆果，鄂伦春的妇女也会到它的身旁进行采集，且相安无事。《柳边纪略》载："鄂伦春，射生为业，然得一兽，即还家，使妇取之，不贪多。"他们是真正的大地之子。

近代人跳大神，是清后期汉族人拥入东北，认同萨满文化后，将巫舞演变出来的一种大众文化，更具有表演性和仪式感。

它的文化依托，来自于汉族人非常容易理解的鬼怪神仙故事：狐狸、黄鼠狼、蛇等有灵性的动物，经过长期修炼，神通广大，能够查出人前世今生做过的事情，也能预知即将发生的事情，能医治疑难杂症，也能帮人聚敛钱财，成为大仙。这些仙是胡黄白柳灰，也就是狐狸、黄鼠狼、刺猬、蛇、鼠。

人死后灵魂不灭是鬼，鸟兽草木修炼的结果是精，变异了就是怪。茅山道士手持桃木剑面对的是鬼，萨满巫师手拿文王鼓、赶将鞭面对的是怪。

为了积功累德，也为了通过显示神通吸引香火，吸收虔信之力，这些修炼的大仙也会大做好人好事，目的是在仙界得到进一步的发展，增福增寿，不断进阶。

在东北的道观里，会供一尊黑衣白发、手拿拐杖或烟斗、笑容慈祥的老太太。她叫黑妈妈，是长眉大仙的大护法，属于狐仙，与狐仙胡三太爷的职级、能力基本一致。

大仙需要找些身体虚弱、没有文化的妇女做弟子，这种弟子叫弟马。弟马在大仙需要的时候，将自己的身体借给大仙，完成大仙无法独立完成的工作。

所谓跳大神，就是弟马请大仙上身的过程。大仙依附在弟子身上救死扶伤，为人办事就被称为出马仙。毫无疑问，大仙出马上到弟子身上，对弟子而言是痛苦的，这也就是跳大神的时候，巫婆披头散发、摇头晃脑、浑身抖动、抽搐不止的根本原因。

出马仙时，保家仙堂三尺三的红纸上会使用一副对联：

　　　　　　　　　　　　　　　　　贼拉魔性东北话

在深山修身养性，出古洞四海扬名。

这就是"亲自出马"的初始含义。每当我看到工段长、车间主任亲自出马的文字就感到后背发凉，工段长、车间主任如何担当得起亲自出马？不是山里的老狐狸，也并不很懂聊斋，就不要说亲自出马的事儿。免得装神弄鬼，把真正的狐仙招来，吃罪不起。

除了出马，还有出道一词，现在的演艺界用得特别多。其实也是个宗教老词。出马是萨满教里修炼有成的精灵神怪，是动物；出道是道教得正果、得道成仙的人。出马是看事，出道是共修。

在跳大神时，巫觋请神的唱词：


　　文王鼓，蟒蛇鞭，鼓舞飞扬响连天。

　　世人都说神仙好，谁知神仙在哪边？

　　神仙就在人心间，仙道艰难难上天。

　　世人不知此中味，听我细说苦和甜。

　　阴风阵阵是祖先，祖先本是大堂天；

　　没有祖先哪有堂，祖先是堂第一仙！

　　世人皆知神仙好，为了神仙妻儿抛。

若说修仙弃祖先，莫怪仙道门槛高。

香烟缭绕号地仙，地仙修行在山巅。

狐黄蟒常归大堂，又能行道把财圈。

三尺红布不是天，地仙怎在红布间？

红布之上有奥妙，奥妙怎对凡夫言！

　　无论是古老的萨满还是跳大神，都展现出一种极其神秘的力量，让人神魂颠倒。通俗易懂，又具有深刻的哲思，这就是旧时东北老百姓信服的宗教，它的教义，就像是生长在黑土地里的土豆子，散发着泥土的气息。

　　兴趣是文艺创作之源。二人转演员经常以《跳大神》《神调》作为题材表演。其唱词唱腔，与跳大神有些差异，但更加通俗易懂，把跳大神的时间、环境，弟马上山请神的全过程，介绍得很到位，值得玩味：

日落西山黑了天，家家户户把门闩。

行路君子奔客栈，鸟奔山林虎归山。

鸟奔山林有了安身处，虎要归山得安然。

头顶七星琉璃瓦，脚踏八棱紫金砖。

脚踩地，头顶天，迈开大步走连环。

双足站稳靠营盘，摆上香案请神仙。

先请狐，后请黄，请请长蟒灵貂带悲王。

狐家为帅首，黄家为先锋，

长蟒为站住，悲王为堂口。

左手拿起文王鼓，右手拿起赶将鞭。

文王鼓，柳木栓，栓上乾隆配开元。

赶将鞭，横三竖四七根弦。

三根朝北，四根朝南。

三根朝北安天下，四根朝南保江山。

有文王访过贤，姜太公保周朝八百年，

赶山山得动，赶河河得干，赶的是老仙不得安然。

大报马，二灵通，各个山崖道口把信通。

你就说：身上千万银钱带，这些银钱，要请你们大堂人马下山峰。

老仙要把高山下，帮兵我先为你叫开三道狼牙三道关。

头道狼牙头道关，有人把守有人看，

二郎手使三叉戟，哪吒手晃金刚圈。

往日二位仙君都把闲事管，今日二位仙君莫管闲，

把老仙放过头道狼牙头道关。

眼前来到二道狼牙二道关，秦琼、敬德来站班。

二位仙君没把闲事管，帮兵我带老仙过了二道狼牙二道关。

眼前来到三道狼牙三道关，灶王老爷来站班。

家住上法张家庄，老大张天师，老二张玉皇，

老三给文文不做，给武武不当，一心一意下凡做了灶王。

灶王老爷把头低，里仙莫把外仙欺。

老仙临来别忘带上三宗宝，宝三宗。

套仙锁，捆仙绳，马后捎带拘魂瓶。

三宝往你弟子身上扔，抓得不牢用脚踹，捆得不紧用足蹬。

捆身莫捆心，心明眼亮一盏灯。


萨满巫师在请大仙的时候"左手拿起文王鼓，右手拿起赶将鞭"，相当古典。文王鼓不见经传，来源可能是"太平鼓"，是萨满的标志性法器。它原本是双面的，在和喇嘛的

交战中，一分为二，成为萨满教的特色。赶将鞭，也有人唱武王鞭，"赶山山得动，赶河河得干"，看来就是历史上著名的赶山鞭。在天界，它曾经归二郎神所有；在人间，它曾经归秦始皇所有。这显示出萨满受中原汉文化的影响。

对三道狼牙三道关的描述，很有意思。守卫分别是二郎神和哪吒、秦琼和敬德，最后一道关卡是灶王爷，而不是内五仙和外五仙，或者大堂仙和保家仙。守卫者位列仙班，有正式编制。而萨满请的大仙，只能在弟马的通融之下，才能出来打份工，当份差，挣点香火钱。这不应该是原始萨满教的理念。

"里仙莫把外仙欺"也说了神仙的矛盾。最有意思的是老仙的三宗宝：套仙锁、捆仙绳和拘魂瓶。这三个是捕快用的管制器械。对付神仙也需要这些吗？从这个角度看，"仙道艰难难上天"是不可调和的矛盾。萨满对神仙世界的描述，更像是对人世间的描述。所谓神仙，也仅仅是人间的一面镜子。

大仙走时，也要唱神调欢送，因为与迎神的内容大同小异，不再赘述。

萨满这个词是我成年后很多年才知道的。因为它古老，崇拜自然，没有深奥的宗教理论，没有特别完备的世界观，并没让我很上心。

我与萨满教的接触，时间不会晚于1980年。

"我小时晚儿"[①]，我的故事总要用这句话来开头，因为它意味着我要讲述的事情是50年前的事情，场景是50年前的场景，我能回忆的人物，除了那些同学，那些哥哥姐姐和个别的叔叔阿姨，都已作古。

我小时晚儿，家里来了个三姑，盘头，戴着黑色的头发网套，盘腿坐在炕上，用我爸爸的烟笸箩抽烟。她住阜新清河门，和我奶奶聊天，让我非常感兴趣。

她讲了一个故事：一个车老板赶着毛驴车回家，遇到七个姑娘要搭便车。车老板说车太小，装不下，一头毛驴子也拉不动。姑娘们央求车老板，让她们上去。这群姑娘不但上了小驴车，还坐下了，还不挤。她们有说有笑，非常高兴。

车老板说看她们这身打扮像是城里人。七个姑娘说她们是上面派来的医疗队。车老板说自己家有个哑巴孩子，不知道能不能治。姑娘们说："我们今晚就投宿在你们家，明天治，好吧？"

---

① 我小时候。

车老板很为难，他们家根本没有能容纳七个姑娘睡觉的地方。姑娘们说："你把仓房腾出来就可以，我们对付一宿就行。"

当晚七个姑娘真的就住在车老板家的仓房里了。

第二天，七个姑娘看到了那个不会说话的孩子，要他把家里的那个老柴火垛搬开。哑巴孩子只能照做。当柴火垛即将被彻底搬开的时候，露出了里面的一条大长虫（蛇）。孩子吓得"妈呀"一声叫了起来，从此会说话了。

据说这七个姑娘是狐狸变的。她们给很多人看过病，声名远播。后来，当地公安介入，把她们打跑了……

三姑讲这种故事的时候，就像介绍她家界比儿子居家过日子，没有"从前"两个字，和播新闻一样，各个要素都是全的，让人不容置疑。

后来我知道，这些关于狐狸、关于蛇、关于黄鼠狼等五仙的故事，都是北方特有的故事，是萨满教的遗存，也是一种文化的遗存。前面的唱词说得好："谁知神仙在哪边？神仙就在人心间。"其实岂止神仙，那些虚幻的狐狸、蛇、鬼、黄鼠狼等，都在人的心间。

# 东北 "猫冬"

北风卷地白草折，胡天八月即飞雪。当白茫茫大地真干净时，东北的"猫冬"开始了。

没有高档小区、集中供暖、私家车的时代，就是东北的"猫冬"时代。城里人家都有煤堆，乡下人家都有柴火垛，这是冬天体量最大的财富、最温暖的财富，也是确定幸福指数的财富。

东北人说冷，嗑儿都老硬了：有一种思念叫望穿秋水，有一种寒冷叫忘穿秋裤；连最嘚瑟的人都不想出去装了；如果不给我拥抱，你就给我买外套；如果给我买皮草，我就决定跟你跑。

东北的冷，嘎巴嘎巴的，可能是河面的冰冻裂了，也可能是树枝冻折了。"猫冬"，不是人想猫着，是严寒把你堵在家门口不让出来。十里八村的三叔二大爷、七大姑八大姨，都像猫一样蜷缩在炕头上，守着火盆，嗑着毛嗑，唠着闲嗑儿。

屋檐挂着一趟儿冰溜子，在阳光下晶莹剔透。玻璃窗上厚厚的霜花就像茂密的草丛，呈现着另一种生机。拖地的棉门帘很厚很沉，贼拉抗风。外屋地的灶台上烀着老倭瓜，或者是白菜炖冻豆腐，咕嘟嘟地冒着热气。

时间在这一刻被彻底封冻，动弹不得，要到第二年开春，才能松绑，撒欢似的跑。冰天雪地，松鼠储藏足够多的松子，黑熊有最舒服的树洞，豆鼠子、刺猬、青蛙和蛇进入冬眠，蛇盘龟息。人比它们活泛，不会冬眠，但也走不到哪儿去。

"猫"是满语，原意是树丛，意为躲藏。"猫冬"是躲在家里过冬，用个时髦的词可以叫雪藏；"猫月子"是坐月子时不出门；"猫蹲"是耗在家里宅着，现在叫躺平。"猫"是动词，和家里的大花猫没一毛钱关系。"我猫在门后"，意思是"我躲在门后"。

"猫冬"，让我想起前几年的小区封控。外面的人进不去，里面的人出不来。命令式的封控让人不适，老天爷的变脸让人坦然，"猫冬"是一种自我封闭的生活。

蚂蚁不冬眠。它们吃秋天预备好的食物。蚂蚁还吃蚜虫、介壳虫、灰蝶幼虫分泌的蜜露。蜜蜂不冬眠，它酿造蜂蜜，就是为了能过上一个丰衣足食的冬天。东北人"猫冬"的时候，会把老母鸡笼子搬到屋里，放到北炕上，期盼能捡两个鸡蛋。

真正的严冬，即便是待在家里，也伸不出手脚。晚上脱衣服靠勇气，早上起炕靠胆量，白天洗衣服靠毅力。起夜，会掉一地鸡皮疙瘩。

东北冷，但所有关于冷的传说都来自南方。四川有传说，东北人出门撒尿都要带根棍子，不停地敲，要不然尿就会冻成一根柱子，连身子都一起冻住。

寒冷限制了我的想象，甚至我对寒冷本身也缺乏想象。四川朋友的想象比寒冷还寒冷。

如果我没有棍子，半夜憋着的那泡尿，在我睡着的时候，会不会冻成个冰坨子？这不是想象的问题，而是恐怖的问题。

东北那嘎的人常说"吹吹牛×，驱驱寒气"。这是有科学依据的。中医驱寒吹气法是祛寒的无上法门。而且，吹牛属于情志养生、疏调气机的不传之秘。吹牛最大的好处就是舒筋活血，通络化瘀；利尿通淋，润肠通便；发汗解表，温经散寒；疏肝理气，表里相济；消食健胃，扶正祛邪。

如果有人发现"猫冬"的东北人正在吹牛，请不要打断他，请给他一个善意的鼓励。因为，很有可能，他在驱寒。

谚语确实有"腊七腊八，冻掉下巴"。还有一个说法是冻掉耳朵。人的耳朵就像冰溜子，冻硬了以后很脆，用手轻轻一拨弄，就会掉下来。

我从来没怀疑过它的真实性。但我在东北生活了半辈子，却没见过一个掉耳朵的人。常识性的觉悟，也需要几十年。人要走出信条，比走出无边的严寒还难。

东北没有早点的概念。冬天的早餐，绝不只是稀了光汤的粥，而是实实在在的米饭、馒头等干粮，就着咸菜疙瘩。稀粥不抗饿，饿了就会冷。冻饿之苦相互作用。

东北人把硬的和干的视为是好的，比如"点几个硬菜""这嗑唠得老硬了""这词儿太硬了""那关系老硬了""老爷子的身子骨老硬实了"。在这里，硬菜是最贵也是最好吃的菜；硬嗑是阐述问题本质，令人茅塞顿开的语言；硬词是打动人心的词语；硬关系是非常密切、可信赖的关系；硬实是健康。

南方人喝汤，喝的是清汤，汤下面的沉淀物被称为汤渣子，讲究人是不吃的。在北方人眼里，南方人喝的都是清汤寡水。北方人喝汤，喝的是浑汤，勾芡，汤下面的沉淀物，才是精华。所以东北人盛汤要勺子沉底，轻捞慢起，要敢于下笊篱，才能把精华捞上来。东北领导给大家提要求，就会说"要敢于下笊篱"，意思是不要瞻前顾后，要拿出切实可行的办法；听人说话，嫌人家磨叽，就会说"捞干的说"，意思是说重点，别跑题。

在东北，请人吃饭，不可能先上一锅清汤。上汤只能最后上，意思是用它溜溜缝儿，把胃里最后一点儿空隙填满。

北方的冬季昼短夜长。早晨五点，鬼龇牙的时候，已炊烟袅袅。东北人做早餐的时间可能比做晚餐的时间长。如果有客人，还要四碟八碗包饺子。

有些人早上也要喝杯烧酒，抵抗风寒。但喝早酒不是普遍现象，因为条件不允许。喝酒只是男主人个人的喜好。能给老爸打酒，是一个七八岁的孩子为家庭做出的最初贡献。

三十多年前，我在东三省各地出差，还有早酒，都只是安排在送客的最后一天。比如要赶九点半的航班，主人会早早过来，说些依依不舍的话，再提议喝点送行酒。这可能是东北"猫冬"早酒最后的遗存。

吃饭在炕上，吃完还在炕上，每天三个饱儿一个倒儿。

"猫冬"不洗澡。即便是想烧一锅热水，擦洗一下也不行。没有暖气的年代，所谓的暖和，是穿毛衣、披棉袄不冷，不是光着膀子也不冷。

屋里的温度，会在深更半夜降到把人冻醒。要盖两层被子，要用羊皮袄、棉大衣等把脚底下裹好。"猫冬"时候睡觉有严格的纪律，不许蹬被子。即便是睡着了，也没人敢违反"纪律"。严厉的惩罚会在犯错误的同时进行，不折不扣。

"猫冬"让人闲下来，有了足够的时间。文化和习俗在此刻得到最充分的发酵。人们把处对象的两个人说成是"半夜里的被窝——正热乎着呢。"

乡下的土炕，不仅是人生活的地方，也是胎生的卵生的湿生的化生的等各种生命聚集地。"被窝里的跳蚤——能蹦到哪里去？"这是一个好问题。因为被窝里的跳蚤根本没打算往外蹦。它才不好高骛远呢。一旦蹦出了这个屋，也就跳出了三界外。有被窝，它哪儿都不会去。对于跳蚤来说，被窝不仅仅保暖，而且还是可以大吃大喝的地方。

"老太太钻被窝——蹬打不开""老头子钻被窝——仰面朝天"，说的都是钻被窝的事儿，却做了完全不同的比喻。过去，我并不知道为什么老爷子就会仰面朝天，而老太太会蹾打不开。现在，渐入花甲，也将成为老爷子，才理解老年人腰肌劳损的痛苦，需要仰面朝天，烙烙腰，让血脉畅通，舒坦一点。如果你现在需要做一百万的投资，但兜里只有十万，从好朋友处也只能借来三十万，总而言之，这个一百万的项目没法实现，就被称为蹾打不开。按照经济专业的人的说法，蹾打不开是投资资金不到位，资金周转困难，资金链可能断裂。这样看来，老太太钻被窝很危险，这不是老太太的困境，而是资本大鳄的困境。

东北人喜欢用挤眉弄眼和人交流。能看得懂眉眼高低的都是知心者。挤眼睛可以做很多暗示，甚至是一种心照不宣的安慰。但半夜三更吹灯拔蜡之后，蒙在被窝里挤眼睛，是没有人看得见的。因此就有了"被窝里挤眼睛——自己哄自己"的说法。

"被窝里露出脚丫巴——你算几把手"不是乡间语言。它受官僚语言的污染很重。真正的乡下老太太、老爷子，根本不知道谁是几把手。

盘一个土炕，沤被窝子，整个火锅，再整点乐子，东北人的"猫冬"就齐活儿了。

# 大棉袄二棉裤

"皮裤套棉裤，肯定有缘故。不是棉裤薄，就是皮裤没有毛。"东北人说起冬天的冷，总有一种傲慢，傲在自己见多识广，过过那种嘎巴嘎巴冷的日子。

我小时晚儿，为了避免煤气中毒，也为了省柴火，临睡之前，火都要灭掉。北山墙挂着厚厚的霜，空气是凝冻的。炕很热，人躺在上面，就像烙苞米面饼子，冰火两重天。每天萝卜白菜，清汤寡水，缺少荤腥，让我对寒冷异常敏感。

我念高中的时候，家里把一个四平方米的仓库腾出来给我做书房。我在墙上写了一副对联，勉励自己："半间冻地寒天阁，一位承前启后人。"生在东北，我更加理解什么叫寒门、寒窗、寒士。

早晨起床，离开被窝那一瞬间，要经受一个严峻考验。线衣线裤、毛衣毛裤、棉衣棉裤，一层层地套。妇女穿个大襟儿袄，老爷们缅个大裤裆。高腰的缅裆裤，盖得住肚子和后背，缅裆也让小腹更暖和。棉袜、毛袜、毡袜子套上，最冷的天儿，要靠毡靴才能对付。毡靴硬得像荷兰木鞋，不能打褶儿，走路只能高抬腿，但极保暖。临出门，再戴上棉帽子、棉手闷子。手闷子和手套不一样，手闷子没有手指头，或者只有一个大拇指。这样武装起来，人就成了个蛹，一个灰黑色的蚕蛹。按照今天最时髦的说法，这是对寒冷最起码的尊重。

我的毡靴应该是继承来的老家底。汉族、满族和蒙古族杂居的地方，不缺毡子。

那时的小孩儿，或多或少都有冻疮，脸蛋儿和手背皲裂，从一道道小口子里，渗出紫红色的血迹。

女人爱美，哪怕在最困难的年代，也要给自己织一个长围脖。粉绿色的、湖蓝色的、大红色的、橘黄色的、藕荷色的、纯白色的，都是那个时候的最爱。

最正宗的东北过冬服装都在《智取威虎山》里。土匪的防寒装备都很好。对于老百姓来说，皮毛货是稀罕之物。传说中的狗皮帽子，其实并不都是狗皮的，也有貂皮的、獭兔皮的。一顶好皮帽子、一件皮大氅、一双高腰皮靴，是土豪完美的证明。

但真正的英雄还要有一件虎皮裙。杨子荣、孙悟空都有虎皮裙。这东西很稀少，我没见过真的。

对乡下人来说，一件对襟或斜襟的洋布面皮袄，是他的最爱。纽襻儿是衣服的唯一饰物。

要系好缅裆裤，没有一条像样的裤带不行。裤带是布面儿的，一拃宽，一庹长，系的时候要拧上劲儿，系好后再拧一个劲儿，向里一掖。还有两条细的绑腿用来缠裤脚儿。把裤脚缠上了，风就灌不进裤子里。这才算是妥妥的了。

东北人的日常服装是汉族和满族服装混搭的。可能是受到满族官僚马蹄袖礼服的影响，讲究点的老百姓的袖口，会缝一块毛皮袖头，更多的是两寸宽的浅色布料袖头。它的作用和被头一样，通过浆洗和捶打，就像是熨烫过的西装，非常板正，易于拆洗。

东北服饰的色彩以清灰为主，也有老蓝色的、灰褐色的、黑色的。男女没有多少区别。红配绿的向日葵图案，更多的时候是用来做被单，或者是墙纸，风靡东北半个世纪。

一年四季，女人都在做棉花活儿。棉袄、棉裤、棉坎肩、棉鞋都要做，每家的人口都不少。给每个人做一套，这一年也就过去了。我没见过什么人做棉帽子，棉帽子都是在集市上买的。

冬天过后，羊皮袄要收起来。女主人会找点儿烧酒，喷到油腻的羊毛上，再撒上谷糠，不断揉搓。最后把谷糠拍打下来，羊毛白得就跟刚买来一样。也有人说，最好是用大黄米面揉洗。这种事没有经历过，不敢想象。大黄米面是多么金贵的东西，什么人才舍得这么干呢？

老羊皮袄至少要穿两代人。即便是毛秃了，也还要派上其他用场。东北人不糟践东西。

只有非常讲究的城里人，才会有一件呢子大衣。呢子大衣只在上班路上或某个仪式上穿。早些前如果他还有一顶水獭的桶帽，就可以断定他是一个知识分子，成分很高。

再后来，男人羊绒女人貂儿。

民以食为天。但真排顺序，又说衣食住行，衣排在了食的前头。服装不仅保暖，还把人划出不同的身份阶层。我在东北生活几十年，又到岭南生活十几年，相较之下，南方人好吃，执着；北方人爱穿，讲究！

# 毛子、鬼子和棒子、蛮子

从四面八方涌入东北的人，要在一片筑路的工地上、一座繁忙的工厂里、一片矿区或车站、港口建立新的工友关系，认识很多人，其实很难。抓住特点起外号，就成了一种习惯。只要不是恶意，人们都能接受。谈论其他人，除了老张、老李、三驴子、狗蹦子之外，也会以籍贯称谓。这其中，有些仅仅是俏皮，有些是为了逗笑，有些则充满了敌意和蔑视。

俗话说：强龙不斗地头蛇。最打腰①的当然是坐地户儿，也叫老户儿，是一直在本地居住的人。最结实的坐地户是满族人，也叫满洲子。排在其后的是蒙古人，也叫老鞑子。

元末明初，沈阳就有"回回人"。努尔哈赤起兵时，铁姓、冯姓的"回回人"成了有功的将军。1625年，清太宗把沈阳小西门一带赏赐给回族将领的后人世代居住，称为回回

---

① 意为吃得开。

营。张承志《心灵史》也描写了回族人在东北，主要是在吉林，当时叫作船厂的历史。

还有些真正的坐地户儿是赫哲人，又被称为鱼皮鞑子。他们用大马哈鱼的鱼皮做衣服，在乌苏里江打鱼，流传下来了《乌苏里船歌》。

与坐地户儿相对应的是外来户儿，也就是外来移民。

在城镇里居住的人叫街（gāi）里人，居住在农村的叫庄户人家。

还有一伙人很牛，他们人员不多，又很分散，但不影响他们稳定的社会地位，那就是站上的，也叫站人、站棒子。站人是生活在驿站上的人，都是平西王吴三桂的部下。很多都是苗族人后裔，军队编制，自成体系，穿着讲究。这是一群体制内的人，很有优越感，对东北文化的形成发挥了很大作用，包括吃酸菜，烙糖饼，炕上放烟笸箩等。

民人，是站人对外来移民的称呼。

臭糜子则是闯关东的人对满族人的蔑称，因为满族人最常吃的食物就是糜子，也叫粘米，山东移民吃不惯，叫它臭糜子。粘豆包就是用粘米做的，有时会做出很特别的味道，有臭脚丫子味儿，有臭胳肢窝味儿。这个名称的出现，证明了关内移民已经扎根，并具备了一定的经济和政治实力，强龙压过了地头蛇。

旧时东北人歧视河北人，称他们河北侉子，说他们是素质低下靠要饭过来的人。我的祖上就是在1800年前后，从河北逃荒进入东北的，算是辈分很高的河北侉子。多年媳妇熬成婆，200年的风雨和修炼，让我们这一支儿成了坐地户儿。

还有一伙人，说话如吟似唱，尾音婉转而被称为老坦儿。他们来自唐山。

山西的叫老西子。来自南方的叫蛮子，多来自于江苏，就成了苏老蛮儿。更南的南方人，比如福建、广东的，都下南洋了，谁往东北那嘎达去？齁冷齁冷的，那不是虎吗？

东北人说"奸老西儿，猾老坦儿，又奸又猾苏老蛮儿"，说的是山西人、河北人和江苏人都很有头脑，东北这帮坐地户儿根本干不过他们。

但黑龙江人表达了不同的意见，他们说"奸老西子，猾老坦儿，最奸不过辽宁杆"，看来东北人在那时候开始内卷了。

在东北，人数最多的是山东棒子。山东人被叫棒子，是因为性格倔。

其实，辽宁自己也有棒子。站人称呼辽阳人就叫辽阳棒子或者辽阳杆子。棒子和杆子有区别，棒子高大，杆子瘦小。棒子说的是性格，杆子说的是情商。

还有一伙儿随日本侵略者进入东北的朝鲜人，被称为高丽棒子。伪满洲国时期的这些朝鲜人多做警察，手里拿根警棍，耀武扬威，装腔作势，老百姓看着不爽。

修铁路的俄国人，被人称为老毛子、大鼻子、长毛子；占领辽东的日本人，被称为小鬼子、小鼻子。说日本人是小鬼子、小鼻子，带有严重的蔑视和不屑。这其中有深刻的原因：伪满洲国时期，大米只能给日本人吃，中国人吃算经济犯罪，老百姓对小鬼子恨入脊髓。

把日本侵略者称为小鬼子，可能源于对联，上联："骑奇马，张长弓，琴瑟琵琶，八大王，并肩居头上，单戈独战"；下联："倭委人，袭龙衣，魑魅魍魉，四小鬼，屈膝跪身旁，合手擒拿"。有关这副对联儿的故事版本很多，毕竟它是一副好联。

二十几年前，东北又流行一句"完完完，日本船"。日本船往往起名某某"丸"。丸与完谐音，说日本船名是"丸犊子"号，形容事情办得很糟糕，前功尽弃，不可收拾。这是日本关东军撤出东北近八十年后，仍在回荡的余波。

# 马葫芦里的八嘎呀路

　　中国人记忆最深的日语词是八嘎呀路。八嘎呀路在日语中为"馬鹿野郎"（ばかやろう），可能源自中国典故《指鹿为马》。赵高指鹿为马，是个混蛋。抗日电影里小鬼子天天气急败坏在那喊八嘎呀路。

　　日本入侵中国，给中国带来的影响超乎寻常。单从语言来说，远不只是对东北话的影响，远不只是"馬鹿野郎"那么简单。我们在学习工作中看到和使用的很多词语，都来自于日文的翻译。日语是我们接受西方思想的桥梁，它的元素无所不在，让我们无法摆脱，也无须摆脱。

　　汉语中使用的日语词汇，可以称之为"和制汉语"，有专门的字典，可见它数量庞大。在这里抽出一点点日语词举例，就知道我所言不虚。

　　日语中的"榻榻米"已经被人们所熟知。把霍乱称为

"虎列拉"是日语，"赤裸裸"也来自日语，列车需要走行两小时的"走行"来自日语，"行李"也来自日语。表示喋喋不休、没有可信度的瞎掰（白）是日语，打点滴也来自日语。

狗尾巴草是日本人的叫法，我们原本的叫法是稗，又名芒稷，莨稗稂莠，稊同属。甚至还有莨稗稂莠、稗官野史等成语，《清稗类钞》等图书，如今却放弃了。狗尾巴草这个词并不文雅，也不科学，却影响很深，植物学还把禾本科下的一个属称之为狗尾草属。这件事情一旦坐实，也就很难改变。

将蒲公英说成婆婆丁是受日本影响。蒲公英，唐代叫"凫公英"，宋代叫"仆公罌"，明初叫"鹁鸪英"，李时珍最终确定其名为"蒲公英"。今天，除了东北人叫它婆婆丁以外，其他地方仍然叫它蒲公英。

汉语中的日语词汇很多很多，深入到社会生活的各个方面，俯拾皆是：

法律、人权、特权、公证人、特许、仲裁、假释、处刑、抗议、财团法人、国际公法、哲学、美学、心理学、伦理学、民族学、经济学、财政学、卫生学、解剖学、病理学、物理学、土木工学、建筑学、机械学、互惠、断交、治外法权、最后通牒、防空演习、休战、金库、供给、投资、投机、肯定、表决、欢送、交流、活动、命令、动员、一元化、多元化、一般化、自动化、现代化、流动式、生产力、原动力、想象力、劳动力、记忆力、可能性、必然性、偶然性、周期性、习惯性、文学界、艺术界、思想界、学术界、新闻界、新型、大型、流线型、标准型、经验型、美感、好感、优越感、敏感、读后感、重点、要点、焦点、观点、出发点、盲点、主观、客观、悲观、乐观、人生观、世界观、宏观、微观……

很难想象我们的现代生活会脱离这些词语。如果完全抛弃和制汉语，我们是否还能完整地表达思想？也很难想象，这些我们耳熟能详，脱口而出的词语，怎么可能来自日本？它们被引入我们语言的时候，水乳交融，润物无声，没有外来语的违和感。这与中日的历史文化渊源，与和制汉语的生成过程有关。

历史上，日本人追求"和魂汉才"。就是大和民族的魂加上大汉民族的智。日本历史上，不乏汉学家。他们引用《诗经》"周虽旧邦，其命维新"，将"黑船事件"后的改革称为明治维新。此后，又出现了"弃汉从洋""和魂洋才"的主张以及脱亚入欧论。

明治维新后，日本大量引入西方典籍和著作。在翻译过程中，他们发现很多西方词语，在汉语词汇中找不到可对应的，只能通过变体汉文，用汉字制造新词进行解决。这就是和制汉语。

举几个例子：economics，日本翻译家将其翻译为"经济"，始于1862年出版的《日英对译袖珍辞典》。梁启超译为"平准学"和"生计"，严复译为"计学"。梁和严是日本通，都知道"和制汉语"，都熟悉"经济"这个词，也都给出了否定的意见。

中日语言学家在面对economics的时候，都想到了"经国济世""经世济民"。日本学者认为，经国济世的意思是治理国家，济助世人。这是这门学问的意义所在。古联有"文章西汉双司马，经济南阳一卧龙"，说明经国济世是可以压缩成经济的。所以他们就创造出了"经济"一词。

而中国学者认为，"经国济世"是知识分子的崇高理想和责任担当，其内涵远非economics所能囊括。为了保持汉语的纯洁性，他们拒绝了和制汉语。

还比如management，日本人将其翻译为经营。其依据是《诗经·灵台》中"经始灵台，经之营之，庶民攻之，不日成之"句。经之营之，本意是先测量后建造，可以理解为周密部署，严格落实。杜牧在《阿房宫赋》中就做过压缩，燕赵之收藏，韩魏之经营，齐楚之精英。

再如law，被翻译成法律。中国古人认为：法，刑也，平之如水。律的意思是制定规范，让人遵从。《尔雅》说："法，常也；律，常也。"可见"法"与"律"同义。管仲那时候就把法和律合在一起了："法律政令者，吏民规矩绳墨也。"商鞅"改法为律"，强调法律的稳定性和普适性，说明法和律还是不一样的。

中日甲午战争、日俄战争之后，和制汉语被越来越多地引入到了中国。有一部分是维新变法和新文化运动的学者们主动引入的，也有一些是侵略者强行推进的。

当日本学者不断地翻找中国典籍，试图创造一个新的词语时，中国的学者都在努力研究"中学为体，西学为用"。

# 场院的高粱红唱手

割完高粱，刮起北风，一天比一天冷了，大地一片枯黄。人们进入漫长的农闲时节。最有头脑的乡下人，会找出板胡、三弦、呱嗒板，吊吊嗓子，再约上一两个搭档，临时搭建个草台班子，准备走街串户，搭班唱戏，挣点儿外快。

农忙在家种地，农闲搭班唱戏，被称为高粱红唱手。最初，他们在表演时手上拿着大板和玉子。后来，改成了手绢和扇子，边扭秧歌边唱，被称为蹦蹦。再后来，他们有了一个正规的名字，叫二人转演员。那时，没有女演员，旦角和丑角都是男人。毕竟，行走江湖，很容易惹是生非，有女人，不方便。

除了二人转的演员，南阳新野、阜阳利辛耍猴乞讨的，也是半农半乞。耍猴人每到6月麦收和10月秋收后，就牵着猴子闯荡江湖，卖艺维生。

贼拉魔性东北话

说起来，二人转可是乡下人最喜闻乐见的。他们"宁舍一顿饭，不舍二人转"，高粱红唱手图的就是他们肯舍的那顿饭。

秧歌出现在康熙三十年（1691）的黑龙江宁古塔。上元日办秧歌是那里的习俗。清顺治十年（1653）设置宁古塔，用于发配受到朝廷刑罚的官员将领。上元日是正月十五，寸草不生的苦寒之地宁古塔冷得嘎巴嘎巴响。篝火、烤串、小烧，这一切都是想象。表演者可能是流放的艺人，表演形式奔放热烈。唢呐、大小镲子。大概率来源于山西参商。表演地点是场院——晒粮食的晒谷场，和城里流行广场舞的亲缘关系很清晰。

大秧歌是苦难里萌生的欢乐、寒冷中点燃的热情。它用最激越的节奏、最夸张的动作，摆脱苦难，挣脱枷锁，苦中作乐。

也有人认为，秧歌源于萨满。清末民初，扭大秧歌已经是遍布东北各地。因为是拜年喜庆专用娱乐形式，所以要到大户人家讨喜钱，和南方人舞狮一样。

半吊子的民间艺人，白天表演秧歌，晚上表演小调。二人转"九腔十八调，七十二嗨嗨"，关键是嗨嗨。在一遍又一遍的嗨嗨中，欢乐到嗨。1935年，这种民间艺术形式第一次获得了二人转的称谓，算是有了名分。

二人转发端于民间，流行于民间。唱段除了几部历史故事，其余都是家长里短、鸡零狗碎、人情世故。反映了社会纯朴的价值观念。

二人转的唱词对东北语言特色的形成产生了很大影响，包括著名的"四大"，就是由二人转演员最终整理、演唱和传播出来的。

二人转分"单""双""群""戏"四类。这要看草台班子组织者的能力。如果找来的两个搭档只会拉弦打板儿，他就不得不单出头。如果能凑成旦丑一副架，第三人是伴奏，还是表演，也就都好安排了。第四类"戏"逐渐演变成了今天的小品。

《小拜年》被称为二人转小帽，是二人转的代表。《小拜年》的唱词具有很强的叙事性，但本地方言不多。东北人在看戏和唱戏的时候，用的是关内普通话。


正月里来是新年儿，大年初一头一天，

家家团圆会，少的给老的拜年。

也不论男和女，都把那新衣服穿。

打春到初八，新媳妇住妈家。

带领我那小女婿，果子拿两匣。

丈母娘一见面，拍手笑哈哈。

姑爷子到咱的家，咱给他做点儿啥？

粉条炖猪肉，再把那小鸡儿（宰了那大芦花）。

小鸡儿扣蘑菇，我姑爷子最得意它。

我姑爷长得俊，我女儿赛天仙。

小两口多么般配，（爱到百年）。

丈母娘我心喜欢，

单等过了二月二，（一起送回还）赶车送回还。

一起送回还。


二人转小帽《回娘家》的唱词：

正月里也是里，正月里出三十，

家家户户都欢喜，我们两个去串门。

转回身来，你过来我点事。

你听那外边，还没有风声，

咱们两个人，抱着孩儿子去串门。

当天去咱们当天回，看一看我爹我妈——你的那个老丈人。

小红我心中想，我拿点啥东西，

槽子糕啊三八件，对！我一个洋角，买上几斤。

## 二人转小帽《送情郎》唱词：

送情郎送到大门东，正赶上老天爷刮起了老北风。

刮风不如下点小雨好，下小雨能留下我的郎多待上几分钟。

送情郎送到大门南，顺腰中我掏出两块大银圆。

这一圆与我的郎买上火车票，这一圆与我的郎买上一盒中华烟。

小妹妹送情郎，送到大门西，

一抬头我就看见了一个卖梨的。

我有心与我的郎买上梨两个，

想起来昨晚儿的事儿吃不了这凉东西。

小妹我送到大门北，一抬头我瞧见，

一对鸳鸯来戏水，成双又配对。

也不知情郎哥多咱才能把家回。

小妹妹送我的郎，送到大桥头，

眼望着河水哗哗流，

小河流水终究归大海，

露水的小夫妻多咱不能长久。

小妹妹送我的郎，一送到火车站，

火车拉鼻儿冒出一股烟，

火车一去还能回转，

也不知情郎哥何时把家还。

　　这里流露出不多几个方言词语：果子匣也叫果匣子，是点心盒；得意的意思是喜欢；槽子糕是用槽形模具烘制的传统糕点；洋角是过去的一角钱，具有较强购买力；多咱说的是啥时候；拉鼻儿是鸣笛。

　　东北方言土语虽多，但如果不特意学，平时说话并不会满口东北话。日常生活中，东北人的普通话占据绝大部分，甚至都无意说方言。有些方言是无意流露出来的。只有在取笑、情绪激动等场合，方言才会变得很多。

# 花子房的笑声

花子房，一种放租给乞讨者、卖艺者的破房子。它也许坐落在城市的一隅，也许是某座大屯子财主的仓房。一伙花子，也许还有打把式卖艺的、锔锅锔碗焊洋铁壶的，用很少的钱，合租这种破房子。他们蓬头垢面、灰头土脸、破衣烂衫，讨来的饭菜，可能是苞米面饼子，也许还有粘豆包，耍猴的还可能打半斤烧酒，手艺人还能买回一点猪下水，烧几个土豆，不亦乐乎。

山东来的叫花子都会数来宝，见景生情，即兴编词。呱嗒板子是他们讨饭的家伙。算命的瞎子都有一副三弦可弹："人生在世全由命，八个字造就难更改，富贵从来由天定，子孙有数前世修成。"至于卖唱的，就更懂拉胡琴了。大家吹打弹拉，又唱又跳。正应了东北那句老话：叫花子唱戏——穷开心。

贼拉魔性东北话

花子房八面漏风。北风吹打着涂过墨汁的牛皮纸窗帘，发出扑噜扑噜的声音。远处传来某户看家狗的叫声。

油灯是奢侈物。叫花子用松明子。松树腐烂后，油脂渗到树干里，形成聚合物，就是松明子。松明子的火光跳跃着，被放大的每个人的人影也跳跃着。用松明子照明的副产品是黑烟。叫花子的形象与黑烟是绝配。大家不在乎。

花子房里的人都是语言大师。见人说人话，见鬼说鬼话，说得不打动人，单靠卖惨，很难混饱肚子。这些男女老少，最喜欢荤段子、俏皮话儿，还会自编自说顺口溜、数来宝。二人转插科打诨的说口就是在这样的环境中孕育的。

"你看看你把家造的，也忒埋汰了！皮儿片儿的，像个花子房似的，来个人往哪下脚？你不嫌硌碜哪？"

旧时打呱嗒板子的要饭花子与拉着三弦算命的、拉着胡琴唱小曲儿的、打把式卖艺的、敲着锣鼓耍猴儿的流浪艺人没有区别。生活所迫，让艺术家变成了乞丐，也让乞丐变成了艺术家。艺术给人的不再是技巧的富丽，而是对破碎心灵最轻柔的抚慰。

他们在花子房唱的，也是他们要在乞讨、卖艺时表演的。在所有的二人转演出中，花子房里的人介于秧歌演员和高粱红唱手之间。他们要依靠俏皮的语言赢得喝彩，赢得几个赖以为生的大子儿。

# 粗鄙的说口

二人转发端于民间，"唱大车店""唱秧歌会""唱茶社""唱屯场"，演员和听众的文化水平都不高，唱词以荤口为特征。荤口也叫粗口或脏口，语言相对低俗。但本质上说，二人转唱词的根本意愿是取笑，而不是诲淫。常常是正话反说，在低俗的外表下，表达对社会道德的基本诉求。

我是在"唱屯场"时学会踩高跷的。生产队的场院拉着几个大灯泡子，锃明瓦亮。踩高跷是大秧歌的升级版。高跷是扁担一锯两段做的，适合孩子用。大人的要高很多，需要一对扁担。在高跷上扭起来没难度，但要是前后翻空翻，我还是不敢。

"唱屯场""唱秧歌会"就像卖艺人圈场子一样，让看客围观。生存下来的，都是绝活和让人耳目一新、捧腹大笑的说口。

我经历的"唱秧歌会"是在"文革"期间。各县区都把自己的秧歌队带到城里，沿着大街小巷表演。大秧歌的唱词都是所谓"下九流"的，早已经被当作"封资修"批倒、批臭，没人敢唱。那就只剩下唢呐锣鼓点儿，扮相也改成了样板戏的人物形象，李玉和、杨子荣、郭建光、方海珍、阿庆嫂、李铁梅……这里没有丑角，但扭起来一样地嗨。

《擦皮鞋》描写人生百态众生相，是一个流传甚广的节目，很多二人转演员都演过。其歌词多样，每个表演者都有增删。

随着全社会文化水平的不断提高，审美趣味越来越高雅，文化主管部门和社会各界对二人转演唱也提出了新的要求，荤口或粗口越来越少，雅俗共赏的素口或绿色二人转越来越多。新作品紧跟时代潮流，不断推陈出新。经过现代演艺人员改编的《擦皮鞋》，陈述人生百态众生相，就有了更多的正面形象。比如：


当兵的，站岗的，守卫祖国边防的。

抗洪的，抢险的，抗震救灾捐款的。

公安的，法院的，纪委检察统战的。

工商的，税务的，交通航空铁路的。

缉查的，收税的，桥头路口收费的。

公司的，商场的，矿山企业待岗的。

扛过枪的，受过伤的，退到二线把福享的。

供应的，销售的，食品公司管肉的。

园林的，绿化的，卫生体育文化的。

邮局的，电信的，城管大队货运的。

大家都来擦皮鞋，擦皮鞋，你说亮不亮？


　　这样的说口可以无限增加，非常易于学习和创作，是二人转的基本功，也可以称为耍嘴皮子。东北人"宁舍一顿饭，不舍二人转"，听得最多、学得最快的就是这种贯口。这也让东北话形成了成本大套的语言风格。

　　二人转说口，分为零口、定口和套口。零口是触景生情，逢场作戏；定口是交代情节，人物对话；套口与剧情无关联，属于民间故事及笑话。砸挂是套口，成本大套，合辙押韵，朗朗上口，易学易记。

　　活跃在电视上的东北小品，本质上是二人转拉场戏中的定口和套口。让大家感到可乐的地方都是套口。这与发端于美国的黑人嘻哈说唱艺术形式非常接近。在东北，二人转是主流文艺形式，深入到了田间地头，甚至直抵老百姓的炕头。老百姓学说学唱，也学会了这种说话一套一套的表达方式。有时人们觉得东北话的表演痕迹之浓，远远超过其他方言，原因多在于此。

没有谁会将那些扭秧歌唱小调的、那些高粱红唱手、那些卖唱的叫花子奉为语言大师，但他们确确实实地创造了一种语言表达方式，并引导听众——最广泛的老百姓，和他们一起进行语言创作。东北话就是这样一个形成过程，来自社会最底层，被有学养、有身份的精英阶层鄙视。这些老百姓也许是老西子的后代，也有河北老坦儿和山东棒子。

二人转已经被列入第一批国家级非物质文化遗产名录。东北人喜欢耍嘴皮子，是受到了表演艺术的影响，并不由自主地展现个人的表演才能。

会唠一口纯正的东北嗑儿，特别是会唠那些酒嗑儿的人，就会左右逢源，八面玲珑。他们显出很高的交际才能，特会来事儿，会被带到领导身边，接待客户和上级领导，提拔重用。不会做，不会说，就被认为看不出个眉眼高低，木夯夯的，三杠子压不出屁来，被人瞧不起，只能远点扇子

（上一边去吧！）。但这些东北话的练家子在官场上都走不远。在更高层次的官场，满嘴东北嗑、嘎啦话、顺口溜，会被看成是油嘴滑舌、作风不扎实。

东北话绝不是"波棱盖儿卡马路牙子上秃噜皮了"这种堆砌。这种堆砌，里面有多个词，比如"波棱盖儿""马路牙子""秃噜皮"，都是生僻的词，这句话就没办法理解，就不可能好笑。事实上，东北话是一种大家都能懂得的语言，只是觉得它的某种表述，包括语音语调，让人意外。东北话更多地表现在用排列整齐、连绵不绝的词语，抑扬顿挫的语音语调，口若悬河，口吐莲花，巧舌如簧，翻着花儿，吐着沫儿，表达纯朴而又波动的情绪。

比如一个年轻的母亲训骂她的孩子："你这个小欠儿登，一点消停劲儿都没有，虎了吧唧的，遥哪儿乱窜，把身子造得鼻涕拉瞎，埋了吧汰，油滋麻花，魂儿画儿的，一天天提了蒜卦、武了豪疯、呼哧带喘的，你要再不听话，我就抽你！"

一个小孩儿自幼受到他母亲这样专业的调教，长大成为东北话演讲大师完全在情理之中。如果他不能继承母亲的优秀基因，就必须练就非凡敏捷的身手；如果连身手也不行，那就是个说话吭呲瘪肚，磨磨叽叽，办事水裆尿裤（不利索）、半拉咔叽的窝囊废。

听了太多的砸挂，东北人把骂人当成了娱乐甚至交际手段。东北的所有"神兽"，几乎都是用来骂人的。甚至那些他们完全不敢惹，有时还要磕头的"五仙"，也都可以用来骂人。那些小动物，比如幺蛾子和土鳖，也是用来骂人的。甚至那些血亲，父母、爷爷奶奶、八辈祖宗，也只有在骂人的时候才会被问候。如果说锦州人质疑全世界，那么东北人似乎仇视一切。

# 东北人的瞎呲吡

东北人如何说话？如何评价别人说话？说法很多，非常丰富。可以唠嗑，可以扯淡、扯犊子。人们反感吡吡嗤嗤[1]或者说吡吡扯扯的胡咧咧[2]，却沉迷于扒瞎[3]和忽悠。忽悠这个词足以说明东北人口才了得，伶牙俐齿比比皆是。

忽悠的本意是通过胡说八道设圈套，搞欺骗，有点儿江湖"仙人跳"的意思，此后引申为"吹牛、煽动、鼓动"，表现为夸夸其谈、哗众取宠。

有清一朝，从胶东渡海，从河北过山海关，到东北开垦荒地的农民并不多。地广人稀，人烟稀少，自给自足，农民以适应为主，适应当地的生活、习俗和语言。

20世纪初，为了修建铁路、港口和城市，东北进入人口

---

[1] 说废话。

[2] 瞎说。

[3] 说不着边际的梦话。

大幅度净流入时代，移民呈几何级数增长，产业工人激增。人员来自四面八方，五湖四海，南腔北调，集中在各个工地和工厂，拥挤在棚户区，需要广泛的交流。

沿着哈大铁路、滨洲铁路和滨绥铁路、京沈铁路，铁路的、矿山的、冶金的、石油的、伐木的、建筑的工人们展开了近百年的建设，产业大军不断壮大，城市拔地而起，公路四通八达。这些工业发展带来的迁徙人，不仅要适应当地的环境，更会主动地改变环境，语言几乎没有隔阂，形成了相对统一的东北话。

就是这个原因，东北人养成了喜欢交流、喜欢说话、喜欢表达的习惯，把语言表达能力看得很重。他们赞赏那些说话办事干净利索、语言表达能力很强、开门见山、吐字清晰、条理分明的人，而对那些不敢清晰表达自己观点、拐弯抹角、旁敲侧击、拖泥带水的人，极其反感和蔑视。

二大妈坐在炕头，一边盘着腿抽烟袋锅子，一边兴致勃勃地说："都说一人不说两面话，人前不讨两面光。但你那三姑奶可不这样，那是刀切豆腐——两面光。那嘴甜的，跟吃了蜜似的，净说拜年嗑儿①。说话巴巴儿的，尿尿哗哗儿

---

① 恭维人的话。

的。专拣好听的唠，说得比唱得好。说大话，使小钱儿。俺可学不来，也做不来。"

说到三姑父，二大妈一脸的无奈，说："他心眼不坏，做人也实诚，吃亏就吃在说话嗑嗑巴巴、吭哧瘪肚，说不出五，道不出六上啦。他呀，说话比拉屎费劲，三杠子压不出个屁来。遇点啥事儿，就在那儿曲曲咕咕（小声说）的，不敢大声说。"

说到二哥，二大妈说："你那二哥不是什么好鸟！跟他过日子太闹挺了。一天天稀里马哈的，他们两口子成天价地唧咯浪（吵架）。酒局儿不断溜儿，一整就是大半宿，还傻了吧唧地装敞亮，跟人家抢单，二虎吧唧的，气人不？

"你二哥见着白酒，就跟见着狐狸精似的，黏黏糊糊的，不偷奸，不耍猾。喝点牛×散、不服天朝管。整完半斤，回来就跟死猪似的，扒拉都扒拉不醒。打酒嗝，打呼噜，老硌硬人了。"

二哥经常带狐朋狗友来家里喝酒。二嫂子气得不行，就在一旁说："你们俩就吹着唠（说大话）吧！车轱辘话，没完没了，磨磨叨叨，像倒粪似的。太烦人了！明天早晨问啥都不知道，肯定断片儿了。

"别一天到晚白话喧天的，吃柳条拉粪箕子——胡编乱造，闲扯这些哩格儿楞（没用的话），一句真话都没有！"

东北人说话，评价别人说话，不乏尖酸、辛辣。这种味道与东北的小烧特配。小烧就不绵软，不会窖藏很多年。东北话也不会，想起来就说，没有装饰，没有掩盖，没有遮拦，也不兴勾兑。有些快人快语，有些入木三分，有些刺痛，有些回味。就像人畜难以接近的刺嫩芽，野蛮生长的苍耳、蒺藜，不受人待见，不招人稀罕，但它们有生命力。在情绪平和的时候，听到它会有些不自在；在情绪激昂的时候，说起它会非常痛快。

# 老铁们绝对不打镲儿

方言土语，是农业文明的沉淀。孕育、形成并不断完善东北话的地方是中国的老工业基地——工业文明发展最早、最完善的地区。很多东北话，来自工人的集体劳动，和庄户人说的不一样。

1956年，中国工业总产值超过农业总产值。经济结构发生根本性变化，而东北的工业总产值在1931年便已经达到了工农业总产值的59.3%。

1942年，东北城市化率达到了23.8%。而全国的城市化率，在1990年是18.96%。东北城市化进程领先全国半个世纪。

工业文明技术规范，行为模式、组织架构比较统一，不培育方言土语。但工种不同，流程不同，一车间流行的语言在二车间可能就用不上了，食品工厂使用的语言可能在轧钢厂就用不上了，纺织女工用的语言可能在矿井里用不上。

操一口海蛎子口音的彪子，他爷爷是民国时期闯关东过来的山东棒子。我们姑且叫老老彪子。老老彪子干活绝对沙楞儿（动作快，利索）板正（整齐），让人佩服。从一个乡下农民，蜕变成车间主任，在厂里老打腰①了。

关键时刻，老老彪子给全体人员做鼓动。他讲话腔音很重："大家别稀里马哈、吊儿郎当的，咱这不是给老毛子干活，也不是给小鬼子干活，是给咱自己的国家干活！决不能偷懒耍猾藏奸！俗话说得好，泰山不是堆的，火车不是推的，牛皮不是吹的。今天这个活儿，是铁锤打钢钎——硬碰硬，关键时候不能卡壳，啃劲儿（kènjìnr）时候不能秃噜扣②。谁都不能掉链子！"

彪子他爹老彪子，也在厂里，是技术大拿，生产股长。他天天骑一个洋车子（自行车）在厂区里溜，发言是这样的："老将出马，一个赶俩。但要是老不舍心，少不舍力，磨洋工，一磨磨到两点钟，没有一个拔尖的心思，再有两个隔路（与众不同）的半拉架（技术不熟练）瞎掺和，互相摽

---

① 说话有分量，有一定决策权，受人尊重。
② 食言，爽约，没有完成计划。

劲儿（较量），非褶子（事情办糟糕）了不可。"

彪子进厂子的时候，洼弄个司机干。脚踩一块铁，到哪儿都是戚（qiě），是俏活儿。老老彪子就嘱咐彪子，可不能二流子学徒——混日子。无论遇到什么为难的事儿，也不能摔机子（不干了）。把企业干黄了，谁都得沾包（被牵连）。

互联网为东北话提供了一个无限舞台。那些喜闻乐见的新词都是东北话。这两年最流行的就是"老铁"。由此衍生出了扎心了老铁、没毛病老铁、老铁666……

老铁是好哥们、铁哥们。把哥们的情谊比作铁，是说它坚定可靠，和牢不可破的战斗友谊有一比。我小时晚儿常常听小朋友说"铁疼了"，意思是特别疼。铁有特别或非常的意思。

什么是真正的老铁、铁哥们？就是你求他办事的时候，他不打铲儿。铲是木工平头斧，铲凿斧锯中的一种，用于削平或劈开木材，是粗加工工具。打铲儿是斧子在削砍木头时被卡住了，比喻做事不顺利。不打铲儿是接受任务或有人求助的时候答应得很痛快。比如说，彪子是老铁，关系杠杠的，我找他借钱，从来就不打铲儿。

和铁相似，比铁更有个性的是钢。钢用来形容人的意志坚定，不妥协。"那哥们，老有钢儿啦。叉腰撒尿——压根儿不服！"

钢铁是工业文明的标志物。由钢铁衍生出来的语言具有大工业的烟火气和马达声。

不断溜儿的意思是连续不断，让我想起经常说到的供应链、资金链断裂问题。仔细品味，就知道东北人为什么强调不断溜儿了。

"备不住"说的是准备不足、考虑不周，没有想到而出现问题。粗糙的语言背后，其实是一种系统的思维。

班儿对班儿指年岁和其他方面相仿的人。用班儿来表达人与人之间的关系，一般出现在学校、军队和车间班组。而上班下班早班夜班正常班则只是在工厂等环境下使用。

东北老工人说年轻人干的活差老成色了，意思是和标准相差得太多了。成色是指金属货币或器物中所含的金属纯度，可以引申为人肉眼和触觉形成的经验值。从本质上看，它是冶金工业的产物。成色这种指标，农民是不大讲的。

铁板钉钉是指那些已经确定、不容更改的事。看过大型钢铁构件的人，对之都不难理解。比如：上新设备这件事儿已经是铁板钉钉了，根本用不着你们瞎操心。

在今天的工厂，以及社会的每一个角落，我们都可以听到"凿死卯子"这种评语。"凿"是用铁錾对材料进行切割或雕刻；"卯"是指在木料上做出榫卯。这种工作讲流程，讲标准，讲技术，不能马虎。"凿死卯子"形容一些人思维偏执、认死理、顽固、倔强、钻牛角尖、难以通融。褒义贬义都可以使用。

既然讲了钉子，也讲了卯，那就再说一句，工厂常用的词语"钉是钉，铆是铆"形容做事认真，不含糊，不马虎。还有一个词，其实是它的前身"丁是丁，卯是卯"，在大工业企业没有建立之前，农民说的都是"丁是丁，卯是卯"。

"东一榔头西一棒槌"则用来形容那些说话没有条理、做事不按章法或次序、没有明确目标的人。也可以描述那种这事干一点儿，那事干一点儿，什么事都干，什么事都没干好的人和现象。这都是工厂工人的说法。如果换作是农村农民的说法，就应该是"东一耙子西一扫帚"。不同的生存环境和经历，面对同样一件事情，会有不同的表达方式。工业文明与农业文明的区别显而易见。

东北是中国最早经历工业化的地区，沈阳铁西成了"东方鲁尔"。近百年的工业文明硕果，是共和国的骄傲。

令人惊讶的是，第三次浪潮，信息革命，迅速覆盖了大工业文明，德国鲁尔，英国曼彻斯特和利物浦，美国匹兹堡、底特律和芝加哥，日本九州，中国东北，这些大工业文明的翘楚，同属于结构性萧条。即便是俄乌冲突，后面都有大工业文明衰败的影子，以及由此引发的矛盾。

在这样的历史背景下，东北人说东北话，多了几分无奈，多了几分自嘲，其实也还有几分自卑。这是一个大时代留下的瘢痕，我们每个人的每个细胞里，都留下了这个时代的基因，也许它有遗传性，也许没有。

东北话走向全国的时候，正是东北开始讨论"钱从哪里来，人到哪里去"的时候，是下岗分流的时候，是每个企业、每个家庭、每个人都出现了重大困难的时候。东北话的集中爆发，是一种苦中作乐。正如东北大秧歌诞生于流放之地。在东北话无尽的欢乐背后，有一种苦涩的味道，有一种齁咸的盐味、泪水的味道。那是泪水被吞咽到肚子里之后，被窖藏多时的味道。

相似的情况有很多。正是美国经济的大萧条，才激发出了美国电影产业的发展，米老鼠、唐老鸭和卓别林，都是失业大军的最爱。越是困苦的生活，越需要快乐。

# 锦州腔：质疑全世界

说锦州人质疑全世界，我真的不同意。我可是地里的蚯蚓、土坷垃里的青草、庄稼地儿的五谷——土生土长锦州人。

说锦州人质疑全世界，锦州人的回答是："质疑了吗？有吗？全世界咋都震（这样）看咱呢？你这么说，想嘎哈玩应儿哪？"

当有人问锦州人"你嘎哈去？"锦州人的回答是："你说我嘎啥去？我打点酱油，拣块豆腐，买点菜啥的，我还能嘎啥去？"他会重复一遍你的问题，再回答你的问题，最后再做一次强调。

东北有一句俗语："宁蹲三年大狱，不交锦宁广义"，说的是宁可蹲三年大狱去受苦，也不要结交锦州、宁远（今葫芦岛兴城）、广宁（今锦州北镇）、义州（今锦州义县）

的人。因为辽西锦宁广义的人狡诈、奸猾、不仁义。宁远原本就归于锦州管辖，是锦州下属的兴城县县城所在地。1989年，葫芦岛撤县之后，才从锦州辖区划出。

锦宁广义的人为什么如此招人嫉恨？

有一个说法是，锦州出了个张致，宁远出了个吴三桂，广宁出了个年羹尧，义县出了个安禄山。对于很多读者来说，相对陌生的是张致。张致，金朝时聚众反金，投降蒙古，后又叛蒙古自立为"汉兴皇帝"，建年号兴隆，后被蒙古将领木华黎所俘，在蒙古被杀。

设想一下，如果锦宁广义的人都非常的仁义，即便是有人诽谤，也不会流布甚广。社会这样传，是因为社会有这种看法，甚至表示赞同。

我想，在锦州人质疑全世界之前，还应该有一个阶段被忽略了：全世界都好奇锦州。锦宁广义处于战略交通要道，自古为兵家必争之地，官兵和匪患交叠，鱼龙混杂，还有很多"水线子"（间谍），居住在这里的人都不会长期扎根，每遇生人，都会感到危险的接近，整日提心吊胆，防范之心很强。在这样的环境下生存，人是不能以心交心的，他不会真诚地交朋友，只会为临时的眼前利益而驱动。窃以为，这种看法更有道理。

全世界好奇锦州的点不断增加。二十多年前，好奇它在塑料花厂、矿山机械厂、纺织厂、陶瓷厂、造纸厂纷纷倒闭的情况下，歌厅如何如雨后春笋般出现，且成了不夜城？后来，全世界好奇锦州的小烧烤，咋就能一夜走红，弄（nèng）的是什么作料，怎么好吃？

所以，锦州人无论见到谁都会问："打<sup>①</sup>哪儿来呀？""上哪儿去呀？""干啥来了？""啥时候走啊？"刚刚见面，就问人家"啥时候走啊"，似乎很不礼貌。其实他只是想掌握一下客人的行程安排，并无婉拒、驱赶的恶意。如果客人说自己可以待上两三天，他们就会很兴奋地问："咋安（nān）排地？要不明晚儿整点小烧烤呗？"

锦州人说话尾音儿不断地上扬，语调发飘，只是在质疑一个问题，俺啥时候质疑过全世界嘞？其实锦州人真的在不停地质疑全世界，质疑每个来来往往的人。这是古往今来的传统，积习难改。

———————————————

① 意为自、从。

# 棉裤腰和贱皮子

先哲和前辈给我们的忠告是：存在即合理，入乡要随俗；到什么山上唱什么歌。

物竞天择，让勇敢者闯入东北；适者生存，让聪明者得以繁衍。进入东北的关里人首先要向当地人学习如何穿，人在冰天雪地，必须学会保暖。

第一要向蒙古族学，按照不同的季节调换单袍、夹袍、棉袍和皮袍。袍袖要长且宽，可以把手褪（tùn）到袖子里，甚至把手里拿的东西也顺到袖子里。高领用来挡风，右开襟且有衽，方便劳作。站人学得最地道。

裤子要穿缅裆裤，裤腰很高，要能盖住肚脐儿，避免腹部受凉。裤裆很大，利于骑马狩猎。绑腿带是满族人习俗。那时没有衬裤，裤管灌风，腿容易着凉，人们都在裤脚上扎上绑腿带。"绑腿带上绣山水——说来画长"。说来话长，一语不能道尽。

宽松、肥大的棉裤腰，走路时容易掉。走一走就要提一提。一个人嘴松，兜不住话，什么都说，就被形容为棉裤腰。围绕着棉裤腰的嗑儿很多。"老太太的棉裤腰——稀松"，说的就是嘴上没有"把门"的，保不住秘密。骂人的时候说："你看看你那个破嘴，就跟老太太棉裤腰似的，嘚啵嘚啵的，啥都兜不住。"还有一句歇后语是"裤裆里放屁——出岔了。"

没有衬裤，棉裤不能换洗，易出汗，温暖又潮湿，棉裤腰就成了不能为外人道的隐秘世界。那是虱子的世界。

历史不都是运筹帷幄、金戈铁马、王旗变幻，也爬满了虱子。

东北人有样学样，一边抓着虱子，一边感悟人生，改变生活态度，"虱多不找，账多不愁"就是一例。而且东北人认为，"为虱子烧了旧棉袄——小题大做。"人应该大度，别跟虱子一般见识。

"剃头的抓虱子——一举两得""和尚头顶的虱子——明摆着"，说明尴尬的绝不是王安石一个人。而"半夜捉虱子——瞎琢磨""裤裆里的虱子——由你抓"则告诉我们，在东北的火炕上，大家除了喝酒，歘嘎拉哈，还能干点啥。

第二是可以向满族人学穿直筒宽襟大袖长袍。伪满洲国统治时期，满族人的服装变化很大，男人不再穿旗袍，女人的旗袍袖子越来越瘦，腰也越来越紧，裹得像个花瓶。

第三是参考鄂伦春族缝制狍皮衣、狍皮帽和狍皮靴。最好的皮帽子是猞猁皮，当地叫"孬头"，长毛掩盖着密实的细绒，沾上雪一抖就掉，是车老板的最爱。

春秋时节，男男女女穿着青蓝色的低领褂子，对襟纽襻，出门在外，加一件月白色衬衣。天气转凉，再加穿一件坎肩。如果能穿长袍，戴一顶缎子面瓜皮帽，棉坎肩绣着团花，此人已非富即贵，抖起来了。

赫哲族人最善于使用鱼皮，被称为鱼皮鞑子。他们把鱼皮扒下晾干，叠放在木砧上捶打，打到鱼皮像棉布一样柔软，缝制成的衣服既抗风又防寒。

贱皮子是渔猎民族的语言，意思是经得起打，挨得起骂。"这个小兔崽子，三天不打，上房掀瓦，真是个贱皮子。""我这个人就是个贱皮子，粗茶淡饭，吃着杠香。""这个贱皮子，就是欠收拾。"

贱皮子和熟皮子——一种把牛羊皮子鞣制的古老工

艺——也叫"硝皮子"。

人们用草灰泡水，把晒干的生皮子"烧"熟后阴干，皮子就柔软了，洁白、柔软、美观、富有弹性，皮毛也更结实了。

即便是狐狸和黄鼠狼这种被人忌惮的老仙家，皮一旦被扒下来熟过了，也是无可奈何。但我也听过一个故事，发生在2000年后。说是沈阳著名商业中心服务员，买了条狐狸围脖。试戴当晚梦见狐狸跟她说，她根本不配，如果再戴，就会狠狠报复她。售货员担惊受怕，只好把狐狸围脖供奉起来。

皮毛遇水会变硬，称为"返硝"，需要大力捶打，重新鞣制。这是贱皮子的本意。

习语"贱皮子"的使用有点像土豹子，可以骂人，也可以自嘲。不同的是，贱皮子只能自嘲，而土豹子还可以自谦。

# 萝卜白菜，各有所爱

入秋以后，东北人急着在院子里挖菜窖，菜窖约两米深，七八平方米大小，用来储存白菜、萝卜、芥菜、胡萝卜、苹果。我在20世纪80年代参加工作后发现，菜窖里竟然可以存放葡萄！存放的办法是把葡萄蒂插入苹果里，吸收苹果的养分。还有人把西瓜用网兜吊挂在菜窖里。当然，这种生活极为小众。菜窖的真正功能就是储藏萝卜白菜。

大葱要囤几捆，要反复晾晒。胡萝卜要买上百来斤，但它比白萝卜、青萝卜、红萝卜贵。茄子要早点买，切成片儿，晒干。也有整个晾晒的，晒完之后抽抽巴巴，可以用来形容人无精打采，比如"瞅你那样吧，平时贼能咋呼，一到动真张的时候就蔫茄子了"。豆角要晒成干豆角。葫芦要叉出葫芦条，晒干，用来炖肉，是人间美味。

芥菜要买上百来斤，缨子，也就是叶子和疙瘩，也就是块根要分别腌制。芥菜疙瘩烀熟了，加一点酱油，加一点香油，就不需要别的菜下饭了。要准备足够多的土豆。黑龙江土豆沙瓤，秒杀其他土豆蛋子。

深秋时节，院墙上、房顶上、窗台上、碾子上，到处都是晒的菜。不能晒的是萝卜，买来之后要马上下窖，在窖下挖坑，把萝卜埋到坑里，以保持水分。而大葱则任凭刮风下雪，完全不用入窖。东北人说"萝卜白菜，各有所爱"，说"十月萝卜小人参"，说"空心的萝卜——中看不中用"，说"糠心的萝卜——蔫儿坏"，说"拔了萝卜栽上葱——一波比一波辣"。"白萝卜扎刀子——不出血的东西"，说的是某些人太吝啬，一毛不拔，舍不得花钱。农家院的嗑儿和城里老百姓的嗑儿，一模一样。他们对生活的观察如此准确，对社会的观察如此深刻，才能组织出这样的俚语，在一颦一笑间，悟透人生。

与大葱有关的俚语是"冬天的大葱——根枯叶烂心不死"，"文革"期间经常用它来形容阶级敌人。

和土豆有关的话很多，比如"土豆搬家——滚球子"。"你瞧瞧这个人，长得跟个土豆子似的。"说的是他长得很瘦小，很屯（土气），没有精神，不会引起任何人的注意。

和东北人一样，欧洲人很喜欢种土豆，吃土豆，也有很多关于土豆的俚语。比如："I potato you"是我老稀罕你了；"small potato"指小人物；"hot potato"是"烫手山芋"，指棘手的问题；"couch potato"指成天坐在沙发上看电视的懒虫。东北生产了那么多的土豆子，但关于它的俚语和俏皮话却非常少，值得研究。

红薯也叫白薯，一个人思维不灵活，就说那个人是个大白薯。

说人长得和倭瓜似的，说的是又矮又难看。倭瓜和"窝囊"是哥俩，骂人是没头脑的傻瓜，是个窝囊废；不像葫芦，与"福禄"相近。倭瓜长得越难看越甜。

空心萝卜是过冬萝卜要抽苗开花结子了，动用根茎营养，萝卜内部变得松软缺水像棉花，外表还是好的，但分量轻了很多。空心大萝卜形容华而不实的人或事物。

葱，你算哪根葱？

葱头不开花——装什么蒜？

两毛钱的韭菜你还拿一把。

白菜，你可真是棵大白菜！说的是猪拱白菜。男人评价女人是烂白菜，或叫烂白菜帮子，是对这个女人特别地鄙视；如果女人说男人是烂白菜，则表明彻底失望。

我小时晚儿，东北城市的每一个家庭，都会在冬季来临的时候购置大量的白菜。每家要准备1000斤白菜，一部分用来储藏，一部分用来腌酸菜。

我们六口之家，需要渍两大缸酸菜，酸菜缸就放在外屋地。温度在零上，是家里相对暖和的地方。

买回白菜以后，就要把白菜放到太阳底下，天天晒。尽可能去除水分，以避免在储藏过程中腐烂。

东北人迷恋大酱，家家下大酱。没有大酱，就没有大拌菜，没有大拉皮儿，没有小葱拌豆腐，就没了东北的豪气。

将黄豆翻炒到微煳，用凉水洗净后入水煮，趁热擀碎。再把豆碎压成酱块子发酵。发酵的酱块子上会长白毛。将刷干净的酱块子弄碎，倒入加了盐水的坛子中，用纱布盖好，每天捣儿下，大约一个月以后，大酱就做好了。

东北人稀罕吃粘豆包。大雪地，出溜滑，刚出锅的豆包粘掉牙。有关粘豆包起源问题，至今还是个无头案。一说是山西移民带过来的，优点是饱腹经饿；二说是站人搞出来的；三说是满族人在吉林叶赫那拉城一带搞出来的。如果条件允许，每家要做上千个粘豆包。蒸好之后，就放在外面冻着。冻粘豆包时要防止狗、狐狸和黄鼠狼偷吃。等粘豆包冻得梆梆硬的时候，就放在面袋子里。

咸鸭蛋的做法无须普及。人们喜欢的不仅是一个可以佐餐的蛋，更羡慕它的命运：闲得要命，富得流油；功成名就，混吃等死。

做冻豆腐，就是把老豆腐蒸一下，放到盖帘子上，再拿到室外冻着就完成了。白肉炖血肠、酸菜炖排骨、猪肉炖粉条，虽然都没有提到冻豆腐，但都少不了它的陪伴。

那时候，小孩儿可以偷吃的东西不多，只有粘豆包和冻豆腐。粘豆包上没有冰碴子，但黄米会反生；冻豆腐不反生，但有一层冰。没有更多的选择。

# 独步厨界的乱炖

北冥有鱼，其名为鲲，鲲之大，一锅炖不下；化而为鸟，其名为鹏，鹏之大，需要两个烧烤架。一个多糖，一个微辣，来瓶雪花，让我们勇闯天涯。

历史上，东北人并不吃炖菜。满族传统菜系八大碗里没有炖菜，蒙古族人不吃炖菜，赫哲族、鄂伦春族和锡伯族也没有吃炖菜的习惯。要查证东北乱炖的历史渊源，几乎没有可能。一个围着锅台转悠的老太太，在厨房里找到点儿土豆，又找到点豆角，就整了锅土豆炖豆角；如果没有豆角，有茄子，她可以整一锅土豆炖茄子；如果没有茄子，她可以整一锅土豆炖白菜。

假设那个时代有微信，流行晒菜，我们总能找些蛛丝马迹。但非常遗憾，东北小脚老太太的这个随机操作，没有留下历史的痕迹。

窃以为，在所有乱炖中，土豆炖牛肉一定是它的源头。土豆炖牛肉发源于匈牙利，在高寒的俄罗斯受到追捧，并随建设远东铁路的俄罗斯人进入东北。当东北的铁锅第一次仿照俄罗斯人的做法，做出了一锅热气腾腾的土豆烧牛肉时，人们没有想到，这种组合模式，可以无限制进行。小鸡炖蘑菇、猪肉炖粉条、酸菜炖排骨、茄子炖豆角……怎么做都有道理。

　　过去，土豆炖牛肉难得一见。牛是大牲畜，是劳动力。"三亩地，一头牛，老婆孩子热炕头"，把牛炖了，活儿就得人干。鲫鱼炖豆腐我小时候只是听说过，没见过。因为太过珍贵，只给产妇下奶用。

　　"天王盖地虎，小鸡炖蘑菇"是现代一梗。"裤裆里炖鸡——统统完蛋。"如果南方人娶了个东北姑娘，去丈母娘家串门，要小心处置小鸡炖蘑菇和猪肉炖粉条里的粉丝。那些粉丝可能很长，没被剪断，甚至有可能，那碗里的粉丝只是一根。如果新姑爷大大咧咧地把它夹起来，连拉带扯，挣不断，理还乱，那就会很尴尬，会给老丈人家留下一个笑谈。

我小时晚儿很少说炖菜，都是说土豆熬①白菜、茄子熬土豆。熬白菜不在乎火候，火大点，火小点，时间长一点都不要紧，烂烂呼呼、热热乎乎、黏黏糊糊，就是它要追求的终极效果。

"土豆等着粉条——大家一起受累。"

"四大金刚吃粉条——不经一嚼。"

如果是单一物种，比如铁锅里放十个土豆，就不能叫炖，不能叫熬，而应该叫烀。烀土豆，烀地瓜，烀苞米，烀茄子。以我个人的浅见，把烀土豆烀茄子，加小葱蒜末，再加肉末或鸡蛋酱，搅拌在一起，比炖菜爽多了。

东北人爱吃酸菜。腌酸菜的历史很难追溯，有一个传说可以聊博一笑。相传，金太祖完颜阿骨打行军打仗的时候，他的大妃为了防止为将士们储存的白菜落入敌手，将白菜抛进水缸，灌上水，再压上石头。后来，被大妃藏进缸里的白菜发酵了，变成了味道奇特的渍（jī）菜。而大妃也被满族人奉为渍菜女神——布苏妈妈。

这个故事的可信度很低。能够冬储的白菜是在15世纪才出现的。完颜阿骨打和他的夫人肯定没见过，更没吃过。满

———————————————————

① nāo，有人写成孬。

族人发明酸菜的可能性很低，因为他们是渔猎民族，不事种植。满族人传统菜系中没有酸菜，也没炖菜。

酸菜很有可能是站人发明的。他们来自于云南和贵州，把那里的腌菜技术进行了适当改造，适应了东北。多说几句酸菜的发展史，因为它是东北所有炖菜的第一主角。

东北炖菜，让人有一种强烈的条件反射。问渠那得清如许，为有猪肉炖粉条。小荷才露尖尖角，恋上排骨炖豆角。君问归期未有期，来盘榛蘑炖笨鸡。秋高东篱采桑菊，铁锅炖着大鲤鱼。

鲶鱼炖茄子属于辽菜，发源于吉林，有"鲶鱼炖茄子，撑死老爷子"的俗语。老爷子是个没节制的吃货，死不足惜。但讲这个故事的却是黑龙江人，说这个俗语是由宋徽宗创造的，他在黑龙江坐井观天，吃鲶鱼炖茄子感慨万千。

用来炖茄子的鲶鱼是松花江特产。松花江流经吉林和黑龙江，两省用松花江的鲶鱼炖茄子都有充分的道理。鲶鱼无论如何也没有想到的是，伴它走过生命旅程最后阶段的，竟然是一只茄子。面对这只茄子，鲶鱼执手相看泪眼，竟无语凝噎。

有人说，猪肉炖粉条发源于四川，是薛仁贵带到东北的。又有人说，猪肉炖粉条源于山东，说粉条是山东人孙膑发明的。也有人说猪肉炖粉条是满族人发明的。猪无论如何也想不到，那硬撅撅的地瓜粉条竟然以它的松软温存成为猪最后的陪伴。

"姑爷进门，小鸡断魂。"新姑爷陪媳妇回娘家，丈母娘就一定会做小鸡炖蘑菇款待新姑爷。老母鸡知道这事儿，所以最怕主人家的姑娘出嫁。它有心阻拦，但无力回天。

生活在辽宁的最聪明的老母鸡，都知道远在黑龙江的榛蘑，才是它的贵人。榛蘑会陪伴它走向成熟，能让它芳香四溢，红极一时。它见到辽西北地区出产的松蘑，会显得郁郁寡欢。

至于大鹅恋上了铁锅，豆角喜欢上了土豆，酸菜眷恋着冻豆腐，红萝卜等着老黄牛，其间的爱恨情仇，剪不断，理还乱。

# 东北王炸的洗浴

曾经有一个很火的梗，叫作"北京是政治中心，上海是经济中心，东北是洗浴中心"。

东北接待客人的逻辑：喝不喝先倒上，跳不跳先抱上，洗不洗先泡上……说东北话，不说洗浴那就跑偏了。

寒冷的东北并不会让人养成洗澡的习惯。我小时晚儿，铁路员工每个月能洗上一次澡就算是比较乐观了。锦州铁路的浴池门票是四分钱，但不对外，铁路内部会发澡票。条件差了一些，只有淋浴，不能泡澡。甚至在换衣服时都没有可以坐下来的木条凳子，洗完之后更不能休息。

公共浴池两毛五一位，有大盆塘，每人一张床，一个茶几。床箱就是衣柜。洗累了，可以躺下喝茶水。有搓澡的老师傅。显而易见，两毛五一张的门票，太奢侈了。人们并不能经常去。每次洗澡都像下馆子一样，是一种高消费。

　　　　　　　　　　　　　　賊拉魔性东北话

我小时晚儿，埋了吧汰的，脖子就像黑车轴。冬天手冻得皲裂，一道道小口子，沿着手指的方向排开。那时最好的办法就是用雀（qiǎo）儿粑粑（家雀的粪便）涂抹手背。雀粪很好找，小树棵（小型灌木）的下面有的是。

我无论如何也想象不到，东北人为什么突然就喜欢上洗澡了，并且搞得无比高大上，其规模之大、档次之高、内容之丰富，超越了土耳其浴、芬兰浴、泰式洗浴、韩式洗浴……一骑绝尘。

我没有做过任何统计，也没有查阅过别人的资料，只有一种非常感性的认识：辽宁锦州中高档洗浴中心的数量、营业面积，与广州相比，可能差不多。这是对广州的乐观估计。很多人都会认为，广州人的收入高，每个家庭都有洗浴设施，所以去洗浴中心的人很少，这是它比锦州更为发达的表现。但这一定是一个极其荒谬的解释。广州有很多茶楼、咖啡厅、酒吧。如果想把一杯液体送到肚子里，每个家庭的餐厅都具备这个条件，为什么还需要茶楼、咖啡厅和酒吧呢？这和家庭条件没有关系。有关系的是文化，文化的认同与否。

从这个意义上说，东北繁育出的极其丰富的洗浴文化，并不是家庭经济条件受限使然，而是新的生活态度使然。

洗澡体现了东北人的生活态度。每一个搓澡师傅都会告诉你：该吃吃，该喝喝，有事别往心里搁；唱唱歌，泡泡澡，舒服一秒是一秒。

东北浴场一般来说叫中心，也有叫洗浴城的。装饰风格以古希腊、古埃及为主，也就是要摆放一些希腊的人体雕像和埃及的狮身人面像。没有琉璃瓦顶、青砖铺地的洗浴中心，因为先民很少洗浴。

我算不上塘腻子，但确实喜欢洗澡泡澡。我们去洗浴，就要把自己当成一条鱼，一条大胖头鱼，或是条岛子鱼，或是条哲罗鲑，总之，要把自己当回事儿。如何把这条鱼做成美味，让自己上一个层次？可选择的方法有很多种。在刮去鳞片之后，其一是清蒸，其二是椒盐，其三是糖醋，其四是过油。当然还可以烤，可以水煮，可以……我不是厨子，也不知道还有什么奇妙的办法。但有几个选项，比如切花刀，做成松鼠鱼就应该放弃。

有了这样一个基本的概念，我这条鱼就得主动一点了。先去淋浴间净身，洗去一身的污泥浊水。要不然，黑黢了光，埋了咕汰的，让人家硌硬咱，就犯不着了。

而后就需要到热水池子里泡，哪个温度高选哪个。下池子的时候一定要鸟儿么悄儿地下。千万别二虎吧唧，嘚嘚嗖嗖，一刺溜就下去，没深没浅的，容易烫秃噜皮。在水里就更不能动了，必须装孙子，越动热交换越厉害，越烫得慌。

泡澡是水包皮，喝茶是皮包水。前者的热由外向内，后者的热由内向外。里应外合，每一个毛孔，会像加盐的海蚬子吐出沙子，纷纷开口，交代自己的问题，排除里面的污垢。

要上一壶好茶，把茶盘放在浴池台阶伸手可及的地方，在浴池里待的时间就很难测定了。更讲究点儿的，或者说泡澡的耐力弱一点的，是放在茶几上，拉过来一把沙滩椅，慢慢地喝。浴室的茶几不同于饭店包房，不定位置，大家共享。

泡一定要泡透，从内心深处冒汗。有人说这是排毒，不知道真假。如果是真，我们身子骨里的毒真的太多。除了毒，我们还有什么？

这时自己就要把自己从热水池里捞出来，跳到拔凉拔凉的凉水池子里。凉水池的最高境界的是制冷的，次一点的放冰块，再次一点的是自来水。跳到这里也不能动，越动越冷。

冷得受不了的时候，再把自己从凉水池子里捞出来，重新丢到热水池子里。这时候就感觉到热水池子没那么热。再泡透，再回到凉水池子拔凉。几轮下来，人就像清远白斩鸡，自己都觉得自己有嚼劲儿。

而后就要去桑拿房里干蒸，不断地往桑拿炉上加水，当然，最高级的是加啤酒，麦芽的香气四溢。如果一个人腰上缠着浴巾，证明他根本就不是东北人。如果他手里拿着毛巾，证明他不经常来。纯粹的东北爷们手里是不拿东西的，除了手腕上的钥匙牌，再没有任何牵挂。一定要光不出溜，赤裸裸地坦诚相见，而且还要纤毫毕现。一起同过窗、扛过枪、洗过桑拿、下过乡，是人间四铁。

如果手里一定要有点东西，就拿木头勺加水升温，处变不惊，临危不惧，谈笑风生，证明自己是经风雨见世面的老把式。

蒸好之后，就要排队去搓。躺在搓澡的人造革床上，搓澡师傅就会问："用点什么呀？"选项是宝贝儿搓、醋搓、红酒搓、推粉、推油……粉是婴儿爽身粉，不是白面、米粉、勾芡用的淀粉。油是婴儿油，不是花生油、豆油、橄榄油，但用法与植物油完全一样。

搓澡也是在个厅里，就像酒店后厨一溜的炉灶那样，也是两排两溜的搓澡床。搓澡师傅在人造革床上铺一张一次性薄塑料布，用一盆热水一浇，塑料布在人造革床上就妥妥帖帖的了，再让浴客仰壳儿（面朝上）躺在床上。

皴是皮肤上积存的泥垢和脱落的表皮的混合物。这是一种内生的东西，视之不见，听之不闻，搏之不得，无状之状，无物之象。洗奈何不了它，必须下大力气搓，搓澡就是搓皴。

搓澡分精搓和粗搓两种。每家洗浴场所只能经营一种。说白了，精搓价格高，属高档消费；粗搓价格低，属大众消费。

每一个搓澡师傅都有深厚的武功绝学，他们手中一条毛巾，以其至柔抵挡刀劈斧砍，更可以挑开软猬甲，直指任督二脉。除了起首的白鹤亮翅、犀牛望月，更有一套秘诀心法：下盘扎稳上盘正，气沉丹田气自定。右手带路左手压，呼吸均匀力不乏。搓手无骨走蜗牛，绵绵有力身随手。

搓澡的基本顺序是：先搓肩再搓背，搓完胳膊搓两肋。而理论基础是：搓澡先搓手，手轻抓钱快；接着再搓胸，胸轻人心好；后背搓一搓，肾好阳气足；大腿灰一少，不走坎坷路。按照这个说法，搓澡师傅就是人生导师。

真正的武学高手，不可能按照剑谱出招。搓澡师傅把毛巾一抖，缠在手上，都是先用毛巾轻搓奔儿楼头（额头）腮帮子和下儿颏（下巴），连眼窝子、孤盖（颧骨）、耳台子（耳后脑部位）这些自个儿能够着的地方，也都要细细探究，细的程度如同老参把头挖人参。

而后，开始大规模全面推进。肩膀头子（肩头）是要重点处理的，前心坎子（前胸）到肚囊子（腹部），一马平川，面对肋叉（chǎ）子（肋骨）和肋巴扇子（整个肋骨），要细致一点儿，这可是不能侥幸的地方，手劲儿一大，就兴搓破喽。胯巴轴子（胯骨外侧）、卡巴裆（胯裆）和大腿腋子（大腿内侧裆部）是重中之重！别不好意思！你要做出的反应动作类似产检。搓澡师傅面对眼前的一切，如同厨师看到菜板子上刚褪了毛的白条鸡，看到的只是活儿。他也会像厨师面对食材一样，认真对待，不落死角。只有外地来的浴客，尬在那里，听自己孱弱的自尊正在嘎巴嘎巴地破碎。

搓波棱盖（膝盖）时，搓澡巾要拧着转才能下货。大腿棒子（小腿）可以一带而过，所有的浴客都会在师傅搓过

 　　　　　　　　　　　　　　　　　　　　　　　　贼拉魔性东北话

之后，还要再细致白牙儿地再过一遍，这里可以留给他们。手豁豁（虎口）、手指棚（指甲与指尖间的缝隙）和手指盖（指甲），别看面积不大，可是细活儿，必须精雕细琢。

师傅拍拍浴客的肩，示意翻身该搓后背了。而后就是后脑海（后脑）、脖梗子、谗坑儿（后脑下的小凹坑）和哈拉巴（肩胛骨）、大脖筋（颈椎部分）。别看谗坑儿地方不大，藏的东西可不少，必须铲除。膀子（肩膀）、后背心（后背中央部分）和脊梁杆子（脊梁）就像大片的耕地，一定要使真劲。腰眼（腰脊椎下部）、后鞴子（后腰部分）、屁股蛋子、腚沟子在这种阵势下，根本没有抵抗的能力，只能拱手相让。黄瓜肉（小腿的肌肉）、脚掌子，三下五除二，开营拔寨，势如破竹。

再看搓澡师傅，一挺胸膛，拍拍手中的毛巾，犹如过关斩将的英雄，大气不喘。

经这么一搓，人才知道，无论男人女人，都是泥做的，女娲抟土造人并不是传说，"从泥土中来，回泥土中去"也不仅仅是忠告。搓澡是一个接受帮助、自我反省的过程。通过搓澡，人们深刻认识到，自己光鲜的外表背后，掩盖的是一个肮脏的身躯；增白粉蜜之下，藏污纳垢。搓澡让人的灵魂得到了洗礼。原先，不愿承认自己是油腻大叔，现在才认识到，自己不但油腻，而且十分龌龊。

搓过之后，搓澡师傅就像山西面点师傅一样，给你连拍带打，连拉带拽，连背带扛，连蹬带踹，一顿收拾：拍背、松骨、压腿、抻筋。经过这么一搓，放下了思想包袱，解放了身心，那个舒坦，那个愚卓儿，那个得劲儿，那个爽！走道时脚不沾地儿，能飘起来。

搓过之后，还要再体会一下火龙浴。据说这种洗浴方式来自韩国。一个很大的房间，铺设的都是物美价廉、功效强大的宝石，上面铺着蒲草编织的垫子。男女可以穿着浴衣一起蒸。桑拿炉像矿山车一样，装着成吨的泛红的火山石。人坐在蒲团上，就像笼屉上的粘豆包，不仅冒着热汗，也会逐渐变软融化，向下堆叠。

用宝石铺设的地面，下面是地热。躺在上面，如芒在背；坐在上面，要经受意志力的"烤问"；走在上面，就知道什么是热锅上的蚂蚁。

真正的勇士是要躺下的，像一条鱼，坦然地面对平底锅，在煎熬中逐渐成熟。虽然看不到脂肪的融化，却能看清自己被焙干的过程。这种感觉，绝不是"酸爽"所能形容的。如果煎过了背，还能主动翻身，煎一煎前面，境界非同小可，可以封神了。

在东北，与洗澡有关的三七叽咯话、俏皮嗑儿、歇后语有的是。比如：开水锅里洗澡——熟人、冷水洗澡——透心凉、搬菩萨洗澡——越弄越糟、麻雀洗澡——团团转、兔爷洗澡——一摊泥、米汤洗澡——糊里糊涂、猪肉汤洗澡——荤（昏）头荤（昏）脑、夜壶里洗澡——扑腾不开、酒盅里洗澡——得罪小人、澡堂里念祭文——专说洒脱话、洗澡盆里尿泡尿——真说不清楚。这些语言，真真假假、虚虚实实，生动风趣，易学易记。

冲泡蒸搓，一溜烟儿下来，绝对是精疲力尽。明智的选择是换上新浴服，带上自己点的那壶茶，上休息大厅，在沙发床上睡一觉。那里有揉肩修脚足疗的，美甲挖耳剃头的，端茶的倒水儿的，遥哪撒摸乱瞅的，还有专场二人转，扭着屁股亮丑的。

一场洗浴下来，如同灵魂深处闹革命，洗心革面，重新做人。

第二章

# 着了魔的东北话

# 着了魔的东北话

东北话的魔性来自顺口溜，来自民谣谚语，是民众生活的经验总结。顺口溜高度概括，准确表达，形象生动，妙趣横生，表面上东扯葫芦西扯瓢，天上一脚，地上一脚，没有明确逻辑，但从设计角度看，这是一种拼贴，对比强烈，出乎意料，给人留下深刻的印象。

顺口溜通过二人转、酒桌、游戏四下传播。特别是酒桌，几乎就是赛诗会，像唐朝的王昌龄、高适、王之涣三人喝酒比诗一样，每个人都会说几个新段子，露一手绝杀暗器。东北人缺乏学养，没有"吴阊白面冶游儿，争唱梁郎雪艳词"的修为，只能沉迷于荤素搭配、放浪不羁、鄙俚浅陋的下里巴人。如果说三遍还没被人记住，就会迅速被淘汰。酒桌会对那些不够生动的词语展开头脑风暴，进行修订，使顺口溜越来越精确，越来越幽默，越来越朗朗上口。

贼拉魔性东北话

30年前，我去长白山开会，到农家菜馆吃饭。主持会议的是个豪放派诗人，"文革"期间出过诗集。领导即兴编了句顺口溜，至今还记得："坐烧炕，喝烧酒。"有了这个引子，同志们七嘴八舌，统一思想认识，续上了两句："唠臊嗑儿，办臊事儿。"这是我看到的不多的东北顺口溜诞生的完整过程。

　　有一种挑逗叫撩哧，有一种坚强叫皮实，有一种口袋叫挎兜子。有一种不行叫完犊子，有一种摔倒叫卡跐了，有一种发愣叫卖呆儿。有一种厕所叫猫楼，有一种味道叫哈拉，有一种说大话叫扒瞎。

　　这种介绍性的顺口溜是最近几年才流行的，在东北话没有走出东北之前，东北人不会编这样的段子。因为他们意识不到，猫楼的标准叫法是厕所，撩哧的标准说法是挑逗。

　　创造这些顺口溜、俏皮嗑儿、嘎啦话的，是一个极其庞大的社会群体。有的仅仅是为了好玩创造；有的是二人转演员，走街串巷下农村，必须准备几套硬嗑儿。所谓硬嗑儿，就是真实反映社会问题、直指人心的语言。从这个意义上说，东北的顺口溜继承并发展了中国最古老的传统国风，呈现了底层社会的心理。

有人认为，东北人嘴皮子厉害，是因为冬天太冷，不能下地干活儿，都"宅"在家里嗑着瓜子闲唠嗑儿。漫长的冬季，冰天雪地，东北人的聪明才智都用在了创造俏皮话上了。

当东北的四大演变成八大的时候，创造性更强，时政性更强，反映社会的面貌更全面，作者的立场更清晰。尽管八大里面也有很多俏皮话，很多低俗语言，但它反映了民声——

八大远：出国去留洋，南极去远航，唐僧西天去取经，万里长城长；法国找新郎，英国买新房，罗马尼亚娶老婆，美国的丈母娘。

八大近：同胞亲姐妹，房前烟火地，出门在外见老乡，祷告在教会；寡妇遇光棍，喝酒对脾气，老板身边带小秘，铁子会来事。

八大咸：盐水罐酱油瓢，芥菜疙瘩长白毛；腐乳汤榨菜条，你二哥蘸酱使马勺；伤心泪海涨潮，你二嫂一点没捞着。

八大酸：腌菜的缸皮匠铺，山西产的老陈醋；青苹果山楂露，醋篓子娘们好嫉妒；光棍穷汉甩裆裤，你二嫂裤裆那块布。

八大黑：砚台墨烟囱灰，乌鸦落在大煤堆；愣李逵猛张飞，老道袍子身上披（pēi），贪官早晚被"双规"。

八大白：高山雪北海沙，河南面粉北京鸭，杭州胭脂玉兰花；农民工挣钱要白瞎，白条子在手没有法（fā）。

八大绿：三月葱四月麦，五月稻秧六月菜；足球场防风带，西瓜皮王八盖。这些绿的都实在，你二哥的帽子扔在外。

八大红：消防车、庙上门，大姑娘的裤头儿、火烧云；煮螃蟹、烧山林，东北的娘们抹嘴唇；港台影星唱歌的人，张嘴就像大血盆。

东北话受到了世人的喜爱，不是因为它有很多莫名其妙的嘎咕词，不是因为它有很多令人捧腹的顺口溜，而是因为东北语境下的真实与深刻。

# 拉 帮 套

  说拉帮套之前先说说赶马车。过去的乡村马车，要套一匹驾辕马和一匹拉串套的马，叫一主一挂。如果活重路远，就在串套外另挂上一副帮套，再加一匹拉套的马，叫"一主一挂一帮"。三匹马拉车，当然就比两匹马更有劲。

  拉帮套的意思，是在一主一挂后，再加的第三匹帮套里的马。

  读者对三套马车不陌生。俄罗斯有个民歌，妇孺皆知："冰雪覆盖着伏尔加河，冰河上跑着三套车。有人在唱着忧郁的歌，唱歌的是那赶车的人……"

  没法想象，在我们告别了原始农业的时候，在我们的视野中，已经没有马车的时候，三驾马车却成了一个光鲜亮丽、最时髦的新词，卷土重来。比如拉动国民经济的投资、消费和出口，国家财政的税收、国债和发行货币，都被称为三驾马车。但在一个老东北人的眼里，拉帮套的那匹马，不仅不光鲜，而且很不齿，甚至成为人们骂人的最高级。

列夫·托尔斯泰说，幸福的家庭都是相似的，不幸的家庭各有各的不幸。在东北，作为家庭顶梁柱的男人得了重病，不能从事重体力劳动，也不能出去做事，抚养不起老人，甚至不能生育，这样的家庭状况举步维艰。

有些女人会和丈夫商量，"招夫养婿"，更多的时候男人会主动提出，让媳妇找一个体力好、能干活、心地善良的男人来家一起生活。这种家庭被称为"拉帮套"，有个别地方把被招来的夫婿称作"跑腿子"。跑腿子多是孤苦无依，有一膀子力气，甚至还有一点积蓄却娶不起媳妇的老实人。也有山里混不下去的土匪，还有长白山采木公司的伐木工，被称为"木把"的人。

因为女人的原配身体不好，跑腿子就要把家里的一切累活、脏活和苦活都干了。尽管如此，他在家庭的地位也是最低的。因为他的孩子必须随女人亲夫的姓。

在拉帮套人家里，同吃一锅饭，同睡一铺炕。女人睡中间，男人睡两边。如果男主人去世，拉帮套的男人就和女人正式结婚。这种一女嫁二夫的婚姻处境，都有不尽的辛酸。

还有一些特例，女人有了婚外情，把老相好带回家，三人一起生活。

做拉帮套最多的是长白山的伐木工，过去被称为"木头老倌"，相互之间称伙计，以后又改称"木把"。那时候，人们称工头为把头。把伐木工人中的把头叫木把顺理成章。

清朝昌盛的时候，作为龙兴之地的长白山，根本没有伐木的。即便是有几个盗伐的，也不成规模。直到中日甲午海战，清朝输了个精光，才显得八面漏风，摇摇欲坠。

1902年，沙俄在长白山成立鸭绿江采木公司。1903年，日本强迫清政府成立日清役胜采木公司，在长白县成立长白采木公司；此后，又成立鸭绿江林业株式会社、满洲土木建筑公司。伐木成为长白山重要产业，木把随之诞生。

木把们住大筒子房，一个火炕大通铺能睡三百人。这是无法想象的。那时的木把歌谣说："再闯关东山，先把靰鞡穿。睡觉半拉夜，鸡叫算亮天。木把活儿不好干，光打尖不住店……吃的是橡子面，穿的是麻袋片。阎王殿是'永聚统'，鬼门关是'长风栈'。"这种非人的生活，让人很难坚持太久。他们攒不下什么钱，就只能忍气吞声，去做拉帮套。

"哼，他呀，一个拉帮套的！"这是最恶毒的攻击和谩骂。一句"拉帮套的"，已经把他的卑微、低贱、无能、毫无尊严表露无遗。

东北人常说，这个人不经讲究。拉帮套就让人讲究。不仅仅是今天的人不明白，就算是当年，大家也搞不清楚，一个炕，一女二男，是如何生活的。

除了木把，拉帮套的第二大群体是土匪。很多土匪绺子，冬天混不下去，就把钱财分掉放长假。土匪只能找个搭伙的地方拉帮套。土匪拉帮套和其他人一样，只能老老实实干活，绝不惹是生非。他们知道惹是生非的后果。

拉帮套挑战了男权社会中的男权，又要男人做了没有名分的小三。这是一种非常别扭的婚姻生活。绝大部分拉帮套的男人结局都很惨，它被现代人关注，就是因为它具有的戏剧性，给人带来了无限好奇和遐想。

有时候，这种临时搭建的拉帮套家庭也过不下去。没有婚姻关系，就不存在离婚。进了门的男人穷得叮当烂响，没有财产可分。能够分的就是孩子。孩子要被平分，称为"劈犊子"。这里的"犊子"是小孩儿，不是王八犊子那种骂人话。

# 东北人的口头禅

口头禅也是禅。遇到事，无论是惊讶，还是感叹，抑或是感激，和尚会说"阿弥陀佛"，老道会说"无量天尊"，基督徒会说"阿门"。东北人会说"我去"。这种不假思索、脱口而出的话，都是口头禅。

鲁迅说："无论是谁，只要在中国过活，便总得常听到'他妈的'或其相类的口头禅。"他认为，"他妈的"可以算是中国的"国骂"。

但东北人的口头禅不是这句"他妈的"，而是"卧槽"，因为正确的写法不雅，士大夫讳而不录，都转变成"卧槽"了。

东北人说"我去"，感情色彩是无限丰富的。它可以表明"太出乎预料了""太牛了""太厉害了""太精彩了""太让人生气了""太惨了""太丢人了"，也许仅仅是"嗯，我知道了"。

张作霖不说我去，而是说"妈了个巴子"。"妈了个巴子"是胶辽话。他说："他妈拉个巴子的，你们好好干，咱们奉天什么都有。干好了，我除了老婆不能给你们，什么都可以给你们。"

除了"我去"，东北人还有很多准口头禅。比如哎呀妈呀、嘎哈、必须的、那家伙……

嘎哈，意为干什么，什么事。其实说这句话的时候根本没打算问对方要干什么，有什么事。

"嘎哈呢"并不是问人在干什么，而是在打招呼。说的是我已经看到你了，关注你了。是相对友好的表达语气。

"嘎哈玩儿应"中的"玩儿应"相当于北京话玩意儿。"嘎哈玩儿应"并不是一个疑问句，而是表示讨厌。"嘎哈玩儿应?！熊人哪"说的是"怎么着？欺负人吗"。

"必须的"，后现代的口头禅。民营企业家出现了，工人面对企业主，江湖的小弟面对大哥，商人面对客户，有求于对方，对对方的要求唯命是从，才出现了"必须的"这种表达，表示"即使你不说，我也会去做"的态度。当一个东北人说"必须的"的时候，双方都已经认定，这个行为并不是必须的，甚至十有八九是不会做的。

当东北人把"必须的"的"须"字拉出一个长音时，我听得非常无奈。这说明，东北血性已经消失。生活的困窘让他们显露出唯唯诺诺的屈从。他们已经不懂得竖耳朵，而只会摇尾巴了。

"那家伙"，说的不是某一个人，甚至和人没关系。如同说"我的妈呀"，也不是要喊妈妈，和妈妈没关系。它只是一个感叹词。

"我的妈呀！那家伙，老便宜了，跟白给似的。"表明某一商品价格很低，超出了想象。如果你问："那家伙是谁？"说话的人肯定一脸疑惑。他也不知道那家伙是谁，甚至都不知道那家伙是哪个家伙。

口头禅是不需要经过头脑的筛查，就可以脱口而出的语言。"我去"是有血性的语言，"必须的"是有媚气的语言。这些侵入骨髓的发音，没有文字所确指的含义，而是生命本体的反应。从这个意义上说，"我去"是积极的、有温度的语言。我相信这种语言不会因为所谓的文明教养的提升而消失。良好的教养会对这种表达产生抑制，但最终这种表达将突破教养，因为它才是人性的代表。

生活中的所有感慨，无论是旗开得胜还是追悔莫及，无论是忘乎所以还是气急败坏，无论是惊天动地还是得意忘形，无论是五雷轰顶还是天遂人愿，无论是垂头丧气还是抑郁难平，甚至连无所谓、可有可无、关我啥事的无奈，人生的一切得失宠辱、情绪波动，我们永永远远都可以用一个词来做最准确的表达：哎（éi）呀我去！

# 上炕上炕

老婆孩子热炕头，囊括了东北人的幸福感，约等于一个亿的小目标。冬季，冰天雪地，嘎巴嘎巴的冷，屋檐下挂着冰溜子，滴滴答答地淌着融化的雪水。热炕头就是一切。炕是东北人日常起居、社会交往、祭祀祖先的核心。它完全承担了城市高楼住宅里面的客厅、餐厅、卧室甚至是游戏室的全部功能。

土坯房，纸糊墙，要想取暖得烧灶膛。一家三代南北炕，晚上睡觉排成行。茅楼盖在房屋后，尿盆放在地当央。大饼子，当干粮，大秋果子随便尝。小鸡儿就在窗台旁，母猪下崽得卧厨房。酱缸就在门口放，水缸安在锅台旁。两大缸里腌酸菜，做菜的厨房雾茫茫。推碾子，磨粗粮，簸箕呼呼地筛米糠。大茶缸子喝烧酒，大葱蘸酱造溜儿光。

东北十八怪中"火盆上炕烤老太，百褶皮鞋脚上端""不吃鲜菜吃酸菜,南北大炕对脑袋",处处都少不了炕。

满族人住的是"口袋房,万字炕"。房屋为敞间,俗称口袋房。进门就是灶房,也就是厨房,两个灶台,一架风匣。东北的乱炖贴饼子,铁锅炖大鹅,都出自这里。满族人以西为尊,西屋是上屋,一家之主住的地方。有南西北相连的"匚"形土炕。匚不成字,就用佛教中卍字来表示,叫成万字炕。东北人管砌炕叫盘炕,这个盘字用得好,因为转着圈,确实有盘的意思。

炕的外墙是砖砌的,炕洞里面多用土坯砌,炕面用砖铺。灶膛的烟火热气经"己"字形炕洞从烟囱排出,炕就烧热了。抹炕洞用黄泥,抹炕面用黄沙,再在上面铺着席子。土炕席子,难免会脏。扫炕笤帚不可或缺,每个家庭都会在秋后农闲的时候,制作这些东西。

炕烧得太热,把席子烤着了,是常有的事儿。炕的外沿还要镶进一根和炕一样长的木方子,叫作炕沿。界比邻右过来,不坐炕里,就坐炕沿。

南北炕是家庭成员吃饭、睡觉、干家务和游玩的地方,西炕摆放物品。屋子里盘了炕,剩下的地面就很窄了,称为

"屋地"，根本摆不下八仙桌、太师椅之类的大件。除了走动，作用不大。到了晚上，一家人上炕睡觉，屋地上会摆一个尿盆，起夜时用。和屋地对应的，是进门灶房，叫"外屋地儿"。

有些读者可能对一大家人杂处，甚至还有客人的屋里，摆个尿盆的场景会惊掉下巴。但屋外零下三十几度，皮裤套棉裤，才能出去……

客人进屋，主人第一句话就是"上炕！上炕！赶紧上炕头，这儿袄活①！"客人盘腿坐炕里。吃饭的时候，炕上再铺一块席子，席子上摆炕桌。炕桌是东北酒嗑儿的发源地，是成本大套的东北话集散地。用最时髦的话说，就是东北文化孵化器。

孩子们写作业、欻嘎拉哈、拐杏核、翻绳也在炕上。

南北大炕靠山墙的一侧，是炕琴，也就是炕上的柜子。柜子上是被服垛。八铺八盖的被褥都垛在那里。柜子里面掖着家里的体己物、男主人能拿得出手的外出的服装或者是女儿的嫁妆。

东北人喜欢在炕上铺一张狗皮褥子，保温，舒适，防湿

---

① 音nǎohuo，意暖和。

气，但阴天下雨会有腥味。用狼獾皮铺炕，柔软干燥，特别隔凉。

家里人口不多，又没来什么戚（客人），北炕不睡人。可以用来烘晾苞米、地瓜之类的东西。如果老母鸡抱雏，也放在北炕。"炕上孵鸡，早晚要露头"，是经验之谈。

西炕是家里神圣的地方，上方悬挂祖宗板，是放家谱的地方。满族入主中原以后，特别是康熙之后，开始流行为家族立谱。家家都有家谱。他们想表达的主要就是自己血统纯正，和万岁爷关系老密切了。

就在这个西炕上，形成了满族人一系列观念，而且很快就被汉族人接受了。观念之一就是家里要有谱，没谱是不行的；观念之二是大事小情要靠谱；观念之三是不接受祖训的约束，那就是离谱；观念之四是，在重要的节日，在决定家庭命运的关键时刻，比如娶妻生子、老人亡故、女儿出嫁，都需要告慰祖先，要把家谱拿出来，这就是摆谱。

东北人说谱，都是对人的评价。"你三叔那个人贼讲究，说话办事特靠谱"，说的是一个人可以信赖。"别听你七大姑瞎咧咧，她说话一点谱都没有"，说的是这个人撒谎聊屁，不值得信任。"这事办得也太离谱了"，说的是一个人没有实现诺言，结果与最初的设计完全不同。"这人真能摆谱"，说的是这个人装腔作势，喜欢不切实际的大场面、高规格。

在东北上炕是很讲礼仪的。一定要尊卑有序。东北人笑话一个不懂事的人就会说"让他热乎热乎他就上炕头"。当然也不能隔着锅台上炕，那就叫一步登天。从保健的角度说，不能睡凉炕："傻小子睡凉炕，全凭火气旺。""热炕头上的白面——发啦"是对炕头功能的拓展。那个时候要做馒头发面，一定会把面盆放到炕头。难道这世上还有比一盆发面更重要的吗？又有"天亮才烧炕，晚了！"而"老太太坐炕头，一福压百祸"则体现了"家有一老，如有一宝"的敬老观念。

南炕"炕头儿"，靠近外屋地儿灶坑的一侧，是家里最暖和的地方，是家主人寝卧的地方。家里来了最重要的客人，"炕头儿"就让给客人。睡觉时，头部冲着炕沿，身体不能和炕沿平行，只有死人才顺着炕沿放。这就是"南北大炕对脑袋"的一怪。

屋地的尿盆是铸铁的，其貌不扬，却承载着鲜活的东北文化，与它有关的词语很多。

往尿盆里撒尿会发出"呲呲嗒嗒"的声音。"呲嗒"就有了数落的意思。"二愣子在学校又被老师呲嗒了一顿"，说的是二愣子在学校又被老师批评了。"跟谁说话呢？呲呲嗒嗒的"说对方说话不看对象，言语苛刻，不能接受。老年人起夜多，因此就有了"老太太的尿盆子，挨呲嗒没够"，说的是一个人经常受到批评，却屡教不改。当然，最重的还是"往人家头上扣屎盆子"，栽赃陷害。

上海拥挤城区的马桶，东北寒冷乡下的尿盆，可以做一次对话吗？一个代表海派，一个代表乡土。

我小时晚儿，家里住的是铁路住宅，构造与满族传统住宅很像，只是没有南北大炕。原因是铁路住宅的跨度不够。有些家庭人口过多，砌成了南北炕，只是太过局促。

这几年回东北，再也没睡过火炕，没机会体验那种睡觉时热气腾腾烙大饼的感觉。城里火炕几乎拆光了。要躺在热炕上烙一烙，已经是一种奢望。

# 东北的酒人儿酒嗑儿

　　脑中闪现"东北的酒人儿酒嗑儿"这几个字，就像一股暖流，直冲颅顶，我已经有点儿上头上劲儿了。热血沸腾，千言万语，绵绵不绝。不是想拿笔，而是想举杯。这个话题不是一个章节的话题，甚至不是一本书能够承载的。

　　喝酒不在东北话的讨论范围，但酒嗑儿是东北话的重要内容。最有特点的东北话，一定出现在酒桌上。人上了酒桌，变成酒蒙子，从人模狗样，喝到扬了二怔；从五迷三道，喝到舞舞喧喧；从有板有眼，喝到满嘴跑火车，才能把他最牛的、最驴的、最虎的、最彪的、最二的、最孬的表达出来。

　　没有历史文化做根基的喝酒，都是瞎喝。

　　东北烧酒的起源有多种说法，其一是起源于辽金时期。

　　1055年，辽道宗耶律洪基登基，欧阳修作为宋使前往契丹祝贺，回来写了《奉使契丹道中五言长韵》，有"斫冰烧酒赤，冻脸缕霜红"一句，他喝的可能就是烧酒。但这条不容易站住脚，因为早在唐朝的白居易就写过"荔枝新熟鸡冠色，烧酒初开琥珀光"的诗句。

1143年，太一道创始人萧抱珍到上京，将炼丹露的蒸馏法传给了金国皇室，金国得此法后开始酿造蒸馏酒。

另有吉林学者认为，蒸馏酒是在吉林发明的，理由是2006年在吉林大安酿酒总厂挖出两口大铁锅、一件铁承接器、一口大缸，被确定为辽代蒸馏酒器。

东北烧酒有历史，东北烧酒是特产，酿造越来越多。1689年，康熙颁布"饬禁盛京多造烧酒靡费米粮"的上谕，认为盛京等处蒸造烧酒，过于浪费粮食，须严加禁止。

1805年，山东黄县人田宝辉兄弟逃难至关外，在今哈尔滨附近开办田家烧锅。东北的白酒如雨后春笋，似燎原烈火。十年以后，吉林乌拉已拥有烧锅54家。沈阳烧锅竟然有400多家。

东北小烧多为70度以上，把酒点燃，放到屋外，风吹不息是好酒的标准。老毛子特喜欢这种一碰就蒙圈的东西。1893年，东北小烧出口俄罗斯约100吨，成为支柱产业。俄国人投桃报李，带来了啤酒，1900年，在哈尔滨建立了中国第一家啤酒厂——乌卢布列夫斯基啤酒厂，此后又有捷克人、德国人建造的啤酒厂。

东北有这样牛得呼呼冒气的酿酒史，酒人儿多一点，酒风猛一点，酒品高一点，酒嗑儿硬一点，都在情理之中。

"掫一个？"

"整一个！"

"走一个？"

"闷一个！"

东北人用各种各样的语言、语气，表述这高度一致的态度：现在我们要把眼前这杯酒喝光。

"我先打个样。"

"我干了，你们随意。"

"咱实话实说，哥们感情。"

"这杯酒有三层意思，第一呢……"

"倒满呗，得浮溜儿浮溜儿的。咱不是那三心二意的人，不差事儿。"

"服务员，再开两瓶。"

"难得今天高兴。咱们哥们也挺长时间没聚了，把那瓶分了？"

"酒怎么还能剩下呢？剩白的就算了，啤的都整不完，说不过去呀。"

"酒是粮食精，越喝越年轻；酒是长江水，越喝越貌美；酒是粮食做，不喝是罪过。"

"嘎哈呀？养鱼呢？"

"啥也别说了，都在酒里。"

没有哪一个酒蒙子承认馋虫酒瘾。每一个参战队员都出师有名。"一杯情，二杯意，三杯才是好兄弟；一杯干，二杯敬，三杯喝出真感情。"喝酒的前提是感情，因此才有"只要感情好，不管喝多少；只要感情深，假的也当真；只要感情有，什么都是酒"。

"人生得意须尽欢，这杯福酒请喝干。人生百年一瞬间，喝杯福酒福百年。"喝酒喝的是祝福，因此才需要"今日酒，今日醉，不要活得太疲惫；好也过，歹也过，只求心情还不错"。

每一个酒人儿都在努力追求喝酒的最高境界："召之即来，来之能喝，喝之不醉，醉而不乱，乱而不倒，倒而不睡"或者是"少喝不多喝，多喝不多说；多说不胡说，胡说不胡闹；胡闹不胡来，胡来别胡认"。

但这种境界很难拿捏，因为"酒装瓶子里像水，喝到肚子里闹鬼，说起话来走嘴，走起路来闪腿，半夜起来找水，早上起来后悔"。

在陈述某一事实或表述某一观点之前，酒人儿都喜欢加上一个前缀。比较常见的前缀有："我跟你说句掏心窝子的话""这话我只能跟你说""说句实在的""这话哪儿说哪儿了，传出去不好"，掏心窝子的实在话是什么？不管兜多大一个圈子，总而言之，言而总之，就是哥俩好，喝！

# 咱家来戚了：造吧！

　　从小就盼着家里来客人。待客就要拿出好吃的，就能借光解馋。不来客，老辈人就会对我们坚壁清野，连块芥菜疙瘩都吃不到。

　　东北人管客人叫戚（qiěr），待戚第一项是烟笸箩。"娘家戚上炕里，烟袋笸箩递给你。"

　　东北人最讲究的就是烟笸箩和烟袋。旧时姑娘出嫁时，娘家最重要的陪嫁："六月里姑娘要得全，父母在上听她言。银丝荷包大烟袋，玉石嘴，上边安。金牌子，配火镰，乌木杆子三尺三。时兴荷包绣金蟾，包铜烟盆不一般。里边装着千层板，辫子烟，料子全。丝罗罗，兰花烟，要紧别忘关东烟。"了解这一民俗，就懂得了东北为什么有"大姑娘叼烟袋"的现象了。

　　待戚第二项是嗑毛嗑儿，就是吃葵花籽。向日葵是从俄罗斯传来的，东北人称俄罗斯人为"老毛子"，把他们吃的葵花籽称为"毛嗑儿"，意思就是老毛子嗑的东西。

戚来了，不到饭时，最先端上来的肯定是冻秋梨。冻秋梨一般用花盖梨，也叫楸子梨，如果不冻，花盖梨渣多酸涩不好吃。冻好的楸子梨，黑不溜秋，当当硬，放凉水中一泡，会形成一个大冰坨子。敲开冰坨子，冻梨清凉绵密，果肉如同果冻，绝对是人间美味。很可惜，这东西很难在南方见到。

当戚吃冻秋梨的时候，女主人就在外屋地欢冻豆腐。欢就是将冷冻食品在冷水中浸泡，使之化开。冻豆腐孔多有弹性，用来炖肉特别入味。

请戚，就得实的惠儿的，好东西不能藏着掖着。粘豆包，必须上！要苏子叶，蘸白糖。

猪肉炖粉条和小鸡炖蘑菇，只能选一样。不然就太奢侈了。最正宗的小鸡炖蘑菇是用榛蘑，配土豆粉条，用大铁锅慢炖，炖到嗷嗷香。

经典名菜锅包肉，虽然出自满族厨师之手，却也透着俄罗斯对东北餐饮文化的影响。1905年，哈尔滨设立道台。首任道台杜学瀛经常宴请俄罗斯客人。道台府厨师郑兴文将满族"焦烧肉条"改为酸甜口，起名锅爆肉，一夜走红。由于口音博杂，舌头捋不直，以讹传讹，就成了锅包肉。

哈尔滨还有一道名菜——烤奶汁鳜鱼，是传统俄式大菜。在辽宁，就不要想了。

沈阳宝发园有"四绝菜"，是张学良的最爱：熘肝尖、熘腰花、熘黄菜、煎丸子。食材很普通，但刀工火候不容易。

狍子肉和獾子肉现在难得一见了，飞龙（花尾榛鸡）不能吃了，哈什蟆（中国林蛙）还有。只要找对地方，可以吃到全鹿宴。

刺老芽也叫刺嫩芽或刺龙芽，蒲公英也叫婆婆丁，小根蒜也叫大脑蹦，特适合蘸酱。现在，这些东西在应时季节，要几十元一斤。野菜越来越难找，吃的就是怀旧。

那时候，喝烧酒很普遍，喝啤酒很高端。中国造啤酒是从东北开始的。1900年创建的哈尔滨啤酒，生产了中国最早的啤酒，是最早的啤酒品牌。

东北有一种饮料叫格瓦斯，也是从俄罗斯传过来的。20世纪80年代，锦州盛行麦花啤，是格瓦斯的变种。制作这种饮料的是我家亲戚。她告诉我父亲为啥要把格瓦斯改为麦花啤，因为叫啤酒，税高；叫水，价低。麦花啤是擦边球，彼此心照不宣，竟然这事儿就办成了。

舞舞扎扎瓢盆锅，七碟八碗凑一桌。踢里秃噜可劲造，五马长枪好顿喝。造得急哧白脸，造得油滋麻花，造到顶脖漾食，才算皆大欢喜。

那时有一个说法，客人吃到最后，主人还会给他夹一个丸子，让他盖上盖。免得胃里的东西装不下，会涌上来。

戚有时不是一个好的称谓。说某人像一个戚，意味着这人长了一身懒肉，衣来伸手，饭来张口，四体不勤，五谷不分。东北女人经常这样指使老公干活："别天天在炕上偎着，像个戚儿似的。去把垃圾倒了！顺便扒几头蒜。"

喜欢吃的东北人当然少不了关于吃的东北嗑儿。

"囊囊揣"是猪肚子肥而松的结缔组织，炼不出多少油，吃起来还很艮，是食之无味、弃之可惜的食材。东北人基本上用它剁馅包饺子或炸丸子。用囊囊揣形容人不精明，行为很拖沓，近似于窝囊废，充满了鄙视。比如说：那家伙就是个囊囊揣！

毋庸置疑，"油盐不进"的食材是让厨师头疼的，"油盐不进"可用来形容一个人固执，别人的意见对他很难产生影响。"那个老干登子油盐不进，你劝他也没用"，说的是老头子很固执。

说一个人固执，还有一个比喻就是"那个老猪腰子贼正"。为什么把极度固执说成是老猪腰子呢？我的理解是，老猪腰子，无论你怎么做，都去不了它那股臊味。

新摘下来的茄子油光锃亮，被霜一打就蔫了吧唧的。"瘪茄子"形容垂头丧气的样子。比如：他当干部的时候牛得不得了，这回落聘了，瘪茄子了！

东北人习惯用打磨后的玉米粒煮粥，叫苞米碴子粥。苞米碴子小而坚硬，不容易消化，很经饿。"碴子"就用来形容人不好惹。比如：那家伙可是个碴子，谁敢惹他呀？

东北人管面食类的干粮叫饽饽，最受欢迎的饽饽就是香饽饽。香饽饽指那些得宠的人。比如：顺子心灵手巧，会干活，在单位可是个香饽饽。和香饽饽对立的是那些不受欢迎的废物点心。废物点心中看不中用，指那些没用的人。

东北最常见的干粮是饼，有饼就有"好饼"。但"好饼"这个词没人用，一般都用否定句"不是好饼"，形容一个人不是好人。比如：你们俩没一个好饼！

东北大江大河，又有冬捕习俗，爱吃鱼，也善于做鱼。

黑龙江、松花江和乌苏里江里的野生鱼长得很大，鲟鱼甚至可以长到上千斤。"铁锅炖江鱼"说的就是它。得莫利炖鱼已有一百多年的历史，名声远扬。

吉林的庆岭活鱼也很出名。他们用当地产的"把蒿"做作料，味道鲜美，不可替代。

渔猎民族、游牧民族和农耕民族，说的是三种取食方式完全不同的人群。渔猎民族靠狩猎和打鱼为生，所获取的一切都是自然界提供的。渔猎民族人口稀少，不善交流，待客又格外热情。

游牧民族饲养牛羊马等大型动物。他们获取肉类做成食物，皮毛做服装，奶制品做饮料，所有贸易活动也都取自这些动物。

而农耕民族则是土里刨食，春耕夏耘，相对稳定，需要较大规模的合作，最为社会化。几代、几十代人一直守着一块土地，街坊邻里、姻亲关系复杂，既有深厚的感情，又矛盾重重。

这一切，都会在咱家来戚的时候，表露无遗。

# 貂儿：那都是皮毛而已？

世界颠倒了。竟然出现了一种新的价值标准，或者说是衡量体系："穷穿貂儿，富穿棉，大款穿休闲。"

搁过去，绝对不是这样！东北女人的生存技能：砍价、认哥、买貂儿！东北有三宝：下雪、穿貂儿、吃大鹅。貂儿是东北女人的宿命，是情怀，是象征，是传承；也是梦想，是辉煌，是骄傲，是回忆。

"穿个貂儿，夹个包儿，走道有点儿飘"，能说是有点儿吗？

"穿个貂儿，夹个包儿，搂个小妹儿可劲骚"，能不可劲儿吗？

穷穿貂儿是讽刺那种精致穷。谁能说，穷到精致不是一种境界呢？

"我在南方露着腰，你在北方穿着貂儿"，谁更酷？

十万好貂儿，到底能不能比得上二尺细腰？

这都是问题。

上穿皮袄脖围貂儿，下套裙子吊半腰儿。地冻三尺还撒娇，嘴唇赤暗活似妖。我们要的就是这个范儿。

貂皮是中国东北三宝之一，裘中之王。貂皮又轻便又柔软，毛长绒厚，光鲜艳丽，摸起来非常顺滑。五花马，千金裘。唐朝的时候裘皮大氅就是封顶的奢侈品。但千金之裘用的是貂儿吗？

东北产貂。大小兴安岭、老爷岭、张广才岭、完达山，吉林的长白山和辽宁的桓仁都有紫貂。貂生性孤僻，昼伏夜出，从来不招摇过市显摆它的皮毛。

清朝人要穿貂儿，不兴养殖，只能到东北猎取。狩猎紫貂要用貂网，这可以确保紫貂不受伤害，能留下一张好皮毛。如果紫貂脱网跑了，要用专门猎捕紫貂的无箭。无箭没有铁质箭头，箭杆伤不了紫貂皮毛。

东北人特别爱说"这都是皮毛"。皮毛的意思是表面、肤浅的东西，多指学识。

如果貂知道，要它命的就是那身好皮囊，它可能会羡慕老鼠。老鼠出身贫贱，一身青灰色的毛既不够长，也没有绒，更没有光泽。如果用自己一身华丽的绒毛，换一身鼠毛，从此不再担惊受怕，貂，一定会答应。

但貂奈何生在帝王家，一个富贵的坯子，没有选择，终究是要挨上一下子，承受剥皮之痛。

貂儿太富贵了。在大清王朝，要穿貂儿，不仅要有钱，还要有势。文官三品、武官二品以上才能穿貂儿。身为朝廷要员，要内敛，穿貂儿只能貂毛向内，外面罩个团花的绸缎面儿。貂毛外露，叫出锋裘，只有皇帝可以那么穿。

把貂皮的皮毛露在大氅外面，只能在清政府倒台之后，俄国人到东北修铁路，才能引发的时尚潮流。能够反着穿貂皮，是制度的解放，也是思想的解放；是传统，更是时尚。旧时穿皮草是东北人的标配，穿最好的皮草、最讲究的貂儿是东北人最普遍的梦想。

穿貂儿的故事很多，应该都是那些买不起貂儿的人编的。他们偎在自家炕头，为那些穿貂儿的女人编故事，吐吐胃里的酸水，也会找到一种提神醒脑的酸爽。


我听说隔壁老王和老婆逛街，他老婆看上一件貂儿，非要买，老王不想给他买，两个人叽个浪叽个浪（吵嘴）。

这时来个梳背头戴墨镜的二货，好像认错了人，跟老王老婆说："三儿，随便拿，我付钱。"结果老王老婆拿拿拿，老王也跟着拿拿拿，反正有这么个二货付钱。最后老王老婆说："你先把东西送回去，我一个人和他谈谈，再坑他点金子。"隔壁老王就高高兴兴地把东西往家里搬。

我还听说隔壁老王带着老婆回老家，他老婆内急，跑到小树林去撒尿。结果屁股挨了一箭，箭头把骨盆都造穿了。

其实，东北人反穿皮袄，把兽皮的毛露在外面，既有悠久历史，也有民俗习惯。

那些满族、鄂伦春族、鄂温克族、达斡尔族、赫哲族，那些冬捕的鱼把头、老猎户、挖参的棒槌把头，甚至车老板、赶大集的，穿的都是兽皮、鱼皮，为了防止把皮板刮伤磨损，都把皮衣的毛朝外穿，这可以延长皮袄的寿命。毕竟，一件好皮袄，是家庭重要财富，是可以传世的。

猎人把皮袄反过来穿，易于隐蔽。皮毛与树干、枯草、岩石等周围环境色混到一起，不容易被野兽发现。即便发现了，猎物也不会紧张，它们最害怕的是人。

其他的好处还有很多，皮毛向外可以防止虱子的滋生。雨雪落到毛上，很容易滚落，不至于打湿衣服。

真正可以正着穿反着穿，没啥讲究的是狗皮子。东北人常说"狗皮帽子——没反正"，还说"狗皮袜子——不分里外"，也有的说"狗皮褥子——没反正"。为什么狗皮做的东西可以没有反正？说白了就是狗皮不珍贵。

皮草的毛应该放在里面，还是放在外面？历史有它的答案。战国时期，魏文侯看见一个人穿着皮草，毛冲着里面，背着草料行走。他就问："你背着草料时，为什么要把衣服反穿呢？"那个人就跟他说："我喜欢衣服上的毛。"魏文侯就跟他说："如果皮板被磨破了，那毛也就没有依托了。"这是成语"皮之不存，毛将焉附"的来历。

故事告诉我们，在魏文侯时期，人们穿皮草，最普遍的穿法是毛朝外皮朝里，和现在穿貂儿是一致的。女人穿貂儿体现的就是中国悠久历史的战国范儿。

《三国志·魏书》在乌丸鲜卑东夷传中也说过，东北那嘎达出红色的玉，那儿的人喜欢穿貂儿。

"对女人而言，包治百病"，以偏概全了。包只能治江南小女人的病，却治不了东北女人的病。东北女人的病不用对症就能下药，下猛药：用貂儿。

东北人不洗澡、爱穿貂儿，吃大酱、睡大炕，是三十年前的形象，但画面有些违和感。让我想起了《马戛尔尼使团使华观感》的描述：上层百姓喜欢衣着，每天都要换几件，但他们的身子和习惯依然邋遢肮脏。外面的新袍用金线绣，但汗裤和内衣却很少换。他们洗衣服从来不用肥皂。他们在屋里随地吐痰，用手指擤鼻涕，用衣袖和任何身边的东西擦手。老鞑子不讲卫生，是有传统的。

三十年时移世易，东北洗浴业爆棚。但睡大炕的传统正在离我们而去。城市里没有了煤，没有了劈柴，也就没有了火炕。并将在未来三十年的时间里，从人们的记忆中消失，连把它作为非物质文化遗产进行抢救，恐怕都来不及。

只有东北的貂儿，雷打不动。要问潇洒不潇洒，就穿貂皮配裤衩。穿大貂儿，挤公交，四处掉毛往下飘。没工作也夹个包，不挣钱还穿个貂儿。这个冬天，一件貂儿就够了。

不懂得欣赏貂儿，就不懂得历史，跟这种人说文化，没劲。

这，你信不？

# 鄂伦春的撵鹿人

　　儿童游乐场最刺激的游戏是坐矿山过山车，上天入地，风驰电掣。它起源于冰天雪地的俄罗斯山和美国的煤矿矿山车。矿山过山车原本是生产工具，不用更多考虑乘坐感受。坡度大，速度快，可以降低建设成本。现在它给人的感受就是过瘾。

　　东北也有很多游戏，是从先民的生产生活中发展来的，比如滑雪和打雪仗，就是撵鹿人生活的写照。

　　在苍茫的林海雪原里，骑马射猎的是满族；而脚蹬踏板撵鹿的，是鄂伦春族。"鄂伦春"是民族自称，意思是"猎鹿人"。这个称呼是在1690年固定下来的。对一个民族来说，300多年的历史真的很短。鄂伦春族只有语言，没有文字。

　　在清朝，鄂伦春族归属于吉林打牲乌拉总管衙门管理。

打牲乌拉负责组织皇室所用人参、貂皮等物资的采集和运输，是和江宁织造并驾齐驱的衙门。打牲，满语，意为渔猎。乌拉，满语，意为江。打牲乌拉意为以渔猎为生的人。在打牲乌拉衙门人的眼中，鄂伦春族是善于撵鹿的猎丁。

渔人知鱼性，猎人懂兽性。这就是萨满。冬季的长白山，覆盖着厚厚的积雪。梅花鹿会找一个向阳的山坡，刨开冰雪，找冰雪下的果实、草籽、枯叶和地衣苔藓吃。睡觉不会选择山谷和山顶，而是选择一个利于逃跑的地方。它们不喜欢很高的荒草丛，因为那里潜藏着危险。梅花鹿一口气能跑出十几公里。

撵鹿人拼死也要活捉梅花鹿。毕竟一只活鹿的收购价比五只死鹿的价钱还要高。活鹿的最大买主是皇家木兰围场。皇帝要打猎，首先猎取的是鹿，以给祖先献祭。这使梅花鹿成为围场的刚需。木兰围场的梅花鹿依靠自然繁殖远远不够，王室就派人到东北收购。

有了高消费市场，就形成了供应链。鄂伦春族凭借天然优势，头戴兽皮帽、脚穿牛皮靰鞡鞋，蹬上滑雪踏板，拿起滑雪杖，向林海雪原进发。他们世世代代，前赴后继，成为撵鹿人。

撵鹿人用的滑雪杖是水曲柳的，有一根兽皮筋，绑着一副皮雪罩，套一个铁环，钉一枚牛长钉，为的是防止雪杖脱手或冰面打滑。同时，它也是猎人最好的武器。

　　滑雪踏板也叫木马，用柞木做的，韧性大，一头翘起，底下包野猪皮，用以降低与冰雪的摩擦系数。

　　撵鹿人戴的"狍头帽"，也叫鹿角帽，鄂伦春语叫密塔哈，极富特征，是将狍子头去掉骨肉，保留皮毛、耳朵、口鼻和角，精心鞣制而成，抗风、暖和。角要用分出一个叉的，即便是被梅花鹿发现，也不会受惊逃跑。

　　可以想象，狍头帽帅呆了，酷毙了，简直无法比喻了；美翻了，靓瞎了，干脆不能回家了！

　　冰天雪地，银装素裹。梅花鹿枣红的颜色分外惹眼。在长白山区，它们是跳高跳远的冠军，坐着长跑短跑的头把交椅。撵鹿是一个能者和强者的拼死竞技。鹿往哪里跑，人就要往哪里滑。岩石，沟壑，向上的陡坡……没有选择。

　　鹿被撵鹿人一路追逐，逃无可逃，避无可避。究其原因，在于人是理性的，有谋略，有计划，有耐力，可以详尽地交流。鹿是感性的，只有条件反射和习惯。没有详细的计划，就会慌不择路。慌不择路就会走上绝路。

鞣制鹿皮，让皮毛尽善尽美，撵鹿人匠心独运，出神入化。用盐量非常考究。盐少易于腐烂，盐多又会板结。他们将腌好的鹿皮放在缸中加水浸泡。每日不停地搅动，以确保鞣制的鹿皮质地柔顺耐磨，毛色鲜亮。他们用鹿皮缝制水壶，滴水不漏。

尽管如此，数百年来，长白山的梅花鹿种群还在，鄂伦春撵鹿人的后裔还在，在生死之间达到平衡。这是自然赐予的平衡，是万物有灵的体现。

清政府雇了很多撵鹿人，却并不允许人工繁殖梅花鹿。这源于他们传统的渔猎民族的思想。如果认同并掌握了饲养方法，他们就会从渔猎民族转变为游牧民族，获取相对稳定的收益。但他们并不认同。直到1895年，慈禧太后才下旨允许辽宁西丰赵家趟子沟"盛京围场"饲养梅花鹿，并册封了48家鹿趟。

从很多现代人的眼光看，长白山野生梅花鹿，一定是绿色无公害的；而人工饲养，就不知道喂了什么饲料，食品安全得不到保障。400年前的满族先民，就能把这个事儿拿捏得很准，是不是很奇妙？

# 急眼白脸大冤种

东北神兽是各地人对东北的描述，经网络发酵，得到极度普及。总结者不是东北人。因为鸟不会发现空气，鱼不会发现水，身在其中，见怪不怪。到了东北的异乡人，听那里人说话，粗声大气，荤素搭配，一股大碴子味儿，才觉得有意思。

我从来没有觉得冤种是辽宁方言，而认为它是普通话。最近，来自东北的博主在网络上频繁使用这个词，引起世人极大的好奇和模仿，我才关注到，这个词在全国并不通用。

冤种的构词方式与孬种、谬种、杂种、痴种、惠种、情种完全一致。除了冤种，其他词都不是东北话所独有，都可以视为普通话。冤种，可能是东北人的情种，更是语言学的谬种。

冤和屈相生相伴。负屈衔冤、怀冤抱屈、喊冤叫屈……

因为冤的结果就是屈。冤而不屈，最可能的结果是被一棒子打死，自己没有感知，成了屈死鬼。

冤的属性就是不白：不明白，真相不为人所知，委屈不被人同情，黑暗无边，无限沉降，不见天日。因此就有了不白之冤、覆盆之冤、沉冤海底……能够辩白的不叫冤。

冤是由人设计、制造的，也就是构陷，挖坑儿让人跳的。这才有空头冤家、冤家对头、冤有头债有主和冤大头。我喜欢写字画画，有很多尺二冤家。

既然冤种是东北特有的人种、物种，我就顺着东北神兽的思路，总结归纳东北八大神人，将其罗列，不知诸位看官以为然否：急眯白脸老冤种，吭哧瘪肚窝囊废，毛愣三光撒楞人，不伦不类二椅子，五迷三道是懵×，二虎吧唧叫山炮。屎啦光叽二杆子，扯山撒海大明白。

东北八大神人是目前仅见的有著作权的"八大"。

冤种，指做了傻事、受了委屈，却没办法诉苦的不开心的人。其辨识度很高，终日郁郁寡欢、闷闷不乐，对谁都有意见。冤种不仅仅冤，而且还是天生的，有遗传性，上辈冤，下辈冤。如果只是一世冤、一人冤，没有承前启后的关系，那就是个冤大头。

冤而成种，是一种形容。所有的形容，都有比较级、最高级等等级之分。备胎—舔狗—冤种—大冤种—纯纯大冤种是这种逐级递进的表达式。但它也只是情感大冤种系列中的划分法，是同样的境遇不同的表达而已。

冤种在生活中的使用非常频繁，最常见的一句话是："你一天天地嘟噜个脸，像个冤种似的，咋的了？谁欠你200吊没还咋的？"

1998年央视春晚小品《拜年》有几句台词勾勒出一个"大冤种"的形象：

"你给咱们全乡办了多少好事啊？你说从普及科学种田，到开发粮食项目，你今天去银行，明天跑科委；你真是操碎了心，磨破了嘴，身板差点没累毁。"

"还给寡妇挑过水呢！全乡都知道这事。"

乡长干了很多实事儿，尤其是给寡妇挑水，全乡人都知道。这就是乡长的形象——纯纯"大冤种"。

在情场上、职场上、商场上干冤枉事、花冤枉钱、背冤枉锅，做很多傻事，花费很大金钱和精力，却毫无结果的，统统都是冤种。再依冤的层级分出大冤种和纯纯大冤种。

情场冤种不是那些热恋多年、倾尽所有的悲催者，因为那种钱花在了当面，赢得了当时的好感。情场冤种是那种给女主播刷了很多礼物的"情怀粉丝"，人家根本不认识他，他什么都没捞着，也永远得不到的纯纯大冤种。如果一个女生叫男生大冤种，男生不必生气。在这种语境下，冤种相当于憨，不遭人讨厌，甚至还有一点儿爱意。

职场冤种是指那些在单位里累死累活，既要完成工作，还要点头哈腰，既拿不到高收入，又不受领导赏识，每天都不开心的人。

商场冤种更是不可理喻，例如他们用5000元购买别人只需3000元，甚至更低价位就可以购得的商品。

有冤就有屈，有屈就有怨，如果这个人看谁都不舒服，怨气冲天，气不打一处来，不分是非曲直，负能量爆棚，就是怨种，也叫"大怨种"。

冤种只在情场、职场和商场上出现，学习很努力，却得不到好成绩的不算冤种。

窃以为，说某某人是个冤种，并不是说他真的冤，只是他闷闷不乐，好像受到了冤屈。真正受冤屈的并不这样说，而是说他冤出紫泡来了。紫泡是那种皮肉被撞击形成的淤青，是淤血呈现的斑块儿。冤出紫泡来，很形象，冤的程度，超过了窦娥。

我相信，冤种很快就会从辽宁方言的小家碧玉成为普通话里炙手可热的明星，被越来越多的人挂在嘴边。

同时，很多并不东北的网络语言也在被东北人追捧。比如这两年网上出现的刑小鬼发明的一系列句子："我看刑，很可铐，日子越来越有判头了。""真是牢有所养，牢有所依，可狱不可囚啊！""墓前良好，全村吃席。"

在文明的进化中，语言的进化从来没有像今天一样瞬息万变，表现得极为突出。丰富的思想、丰富的社会形态，带动了语言的丰富性。网络让具有地方特色的语言得以迅速传播，被更多的人接受。曾经的方言，正以更快的速度变成普通话。

说到这里，我要重新回到冤种这个话题：开心点儿，别像个大冤种似的，好吗？

# 没有准头儿的山炮

"你个山炮！"这可能是某个东北爷们儿和你打个招呼，如果他哈哈大笑，轻轻怼你一拳的话。如果他大拉乎吃、急眯白脸，指着你的鼻子说，则是一个危险的信号。

一个人管别人叫山炮，听起来就有点匪气。毕竟，山炮这句土话是从土匪窝子里传出来的，虽然他不是土匪内部使用的黑话。

旧中国有几个地区盛产土匪，东北是其中之一。东北的土匪叫胡子或者红胡子。我们译介北欧维京海盗时，就用胡子这一称谓。一伙儿土匪或一个土匪窝叫绺子，绺子内部的组织有四梁八柱，说白了就是组织架构。有没有四梁八柱，关键看规模。

东北原本的居民在清世祖入关以后，被大量带往京城。早期河北、河南、天津、山东等地闯关东的，山西一带做买卖的，成为东北汉族居民的基础。沙俄修铁路修港口，日本人占辽东，张大帅崛起，伪满洲国建立，九一八事变，各种势力犬牙交错，王旗变换，还有那些活不下去的流民，都会时时刻刻演变成匪。

辽沈战役时期，东北有土匪17万。黑龙江最大的土匪叫刘山东，锦州的土匪头子是姜鹏飞，挂靠国民党军队混成第六旅旅长。黑山一带的土匪是李魁武。延吉的土匪头子绰号野马，还有绰号座山雕的张乐山、绰号许大马棒的许福、绰号张黑子的张雨新。吉林土匪头子谢文东曾经当过抗联军长，吉林公主岭一带的土匪头子叫宗厚，他们俩与孙荣久、李华堂并称为"北满四大旗杆"。当然，最牛的还是修成了正果的张作霖。辽宁海城还出了位绰号"老北风"的土匪头子张海天。这些土匪有的得到了日本人的扶持，有的拿到了蒋介石政府的委任状，有些是抗联的叛徒。

绰号座山雕的张乐山和绰号许大马棒的许福，原本不是什么狠角色。因为《智取威虎山》扬名立万。

土匪的装备参差不齐。大炮就算重武器了。那些退役淘汰的土炮、二手枪炮，质量欠佳，有枪没栓，有炮没弹，瘸驴对破磨，并不完备。而且土匪也没有打炮的经验，根本就没有准头。

这些看着威武，却没有多少实用价值的炮被统称为山炮，山炮成为土匪相互取笑的对象。谁要是没把事情办明白，顾头不顾腚，提了蒜挂，秃露反帐，想法落伍，衣着过时，都被称为山炮。

山炮是落伍的人，有点对人的侮辱。如果用时髦的话说就是OUT（过时）了。

土匪有土匪的话，是暗语，或者叫黑话，或者是切口，起源于唐朝，原本是生意中的隐语，因非法贸易逐渐发展，后演变为土匪专属语言。

如果在学术界就叫术语，不算东北话。但东北的土匪太多，分布太广，造成他们的黑话也能被老百姓猜出几分。最出名的就是《智取威虎山》里面的"天王盖地虎，宝塔镇河妖"。

这里只介绍几句：盘儿靓条儿顺叶子活，说的是一个姑娘脸蛋儿长得好、身材苗条，而且有钱。这是土匪绑票时的用语，传到民间，被广泛接纳，现已成为绝大部分人都能懂得的语言。

嘚瑟是土匪的黑话，意思是来劲、叫板。筛糠的意思是哆嗦。好嚼果儿的意思是好吃的东西。直到今天，东北小孩儿还会问大人："你今天给我带什么好嚼果儿没有？"那个小孩儿已经戴着红领巾，学习进步，跟土匪一毛钱关系都没有。土匪黑话进入人们的正常生活，是旧时匪患频繁留下的一种文化痕迹。

有些黑话有迹可循，比如"报个蔓"，也叫"报报迎头"，就是报姓氏的意思。相当于现在说的"您贵姓"。

比如，姓刘的就说"顺水蔓"，说的是流水的流；姓石的就说"山根蔓"，山脚下一定是石头；姓王就说"虎头蔓"，东北虎头顶上的花纹就是王字。

如果所有的东西都无迹可寻，对于那些没有知识、没有文化的土匪来讲，想入这一行，实在是太难太难了。

报蔓也叫报号；没人问，自己主动说，并要求对方报蔓就是叫号，带有明显的点名挑战的意思。现在，人们管叫号叫叫板，叫板和土匪黑话没关系，借用的是戏剧术语。

东北黑话里还有一句极为常用的"罩子放亮点儿"，即看仔细点，擦亮眼睛。罩子指"眼睛"。

土匪的语言形象生动活泼，很值得研究。嘚瑟，以及由此演化出来的嘚嘚嗖嗖，特别有号召力和感染力。筛糠极其形象。报个蔓，其中的蔓字用得极好，蜿蜒曲折，但它是根系，用它代指姓氏，形象生动。

如今，山炮借助网络，鸟枪换炮，咸鱼翻身，含义已经变得接近"达人"。这是当年东北的土匪，无论如何也想不到的。

# 被玩儿以及被玩儿死的

　　玩儿你不是目的，玩儿死你才是目的。当一个小生命，被某些调皮的东北孩子喜欢上了，想拿它玩儿了，它就惨了。这些东北小孩儿可没打算宠着谁，实力也不允许。他们说玩儿，结果就是玩死它。

　　东北人管麻雀叫家雀（qiǎo）儿，也叫家贼。麻雀住在屋檐下，偷吃粮食，所以叫老家贼。比如"没有家贼，引不来外鬼""日防夜防，家贼难防"，都是一种敌对的看法。当有一天把麻雀列为"四害"时，灭它就变得理所当然。我小的时候，父亲教很多比我七八岁的孩子们画画。他们没有什么可报答的，就会给我打一些雀。送给我最多的就是老家贼，但最难养的也是它。在我的经验里，越是漂亮的鸟，越容易驯养。只有这种灰了吧唧、极度平凡的麻雀，气性才大，性格才倔，无自由，毋宁死。它们就这样以死抗争，前仆后继，绝不妥协。

还有一种和老家贼非常相似的铁爪鹀，我们叫铁雀。铁爪鹀是冬候鸟，每年深秋或入冬的时候迁来东北，第二年开春前就走了。它们被抓并不是为了打着玩，而是要炸着吃，是最好的下酒菜（但现在已经是"三有"保护动物，不能捕来食用了）。

东北人把蝼蛄叫做拉拉蛄、地拉蛄。我小的时候，城里路灯下特别多，具有强烈的趋光性。拉拉蛄喜欢吃农作物嫩茎，被列为害虫。它的前足像龙虾的螯足，很有力量。挖掘机就是仿造它的前足制造的。它是一个全能选手，能飞行，能爬行，能游泳，能挖洞，上天入地，无所不能。它是蟋蟀总科成员，会鸣叫。它的叫声连绵不断，是天籁的组成部分。"听见拉拉蛄叫唤，还不敢种地啦？"意思是听到一点闲言碎语，就不敢做事了。

蝼蛄与蚂蚁并称蝼蚁，比喻力量弱小、无足轻重的人，如"蝼蚁尚且偷生"。谚语"当地蝼蛄当地拱"，指蝼蛄虽然善于拱土，但只在它生长的地方拱，比喻作案的坏人总离不开本乡本土。

有人说蝼蛄不被人待见，但人们会喜欢蚯蚓。这是一件扯淡的事儿。我小的时候，家长让我们去抓蝼蛄和蚯蚓，用来喂鸡。据说鸡吃了蝼蛄和蚯蚓这两种超有营养的东西会下双黄蛋，从这一点看，蝼蛄和蚯蚓的下场是一样的。据说它现已成为东北烧烤的一个明星。在最饥饿的年代，我们的手都没有伸向拉拉蛄，而今天的人们是怎么了？拉拉蛄是一种很卑微的生命，哪怕它叫，也不被人理会。

东北人把蝙蝠叫燕别故。而且，东北人相信，老鼠吃盐吃多了之后就能变成燕别故。有"燕别故，燕别故，一吃就别故"的俗语，意思是蝙蝠不能吃，吃完会死人。中国几次疫情都把蝙蝠视为源头，说明"一吃就别故"是有依据的。"别故"是"死"的蔑称，表现出面对死亡的玩世不恭的态度。我们向天空抛鞋子，蝙蝠会飞速钻到鞋子里。把鞋子抛得越高，逮到蝙蝠的机率就越大。我们会用剪刀剪开它的翅，有时会剪它的耳朵。它的长相狰狞而邪恶，出人意料。我们肯定没有吃过它。

有两种鸟，我们是不碰的。一是起秋，也叫喜鹊；二是老鸹，就是乌鸦。说别的都是扯，最重要的原因是大家都说这两种鸟的肉不好吃。

乌鸦被满族人视为神，有"乌鸦救祖"的传说，萨满教也对它很认可。东北的渔猎民族进山打猎，要"扬肉洒酒，以祭乌鸦"。沈阳故宫和北京故宫都设有"索伦杆"——喂养和保护乌鸦。这可能是乌鸦在人类社会获得的最高礼遇之一。直到今天，冬季的沈阳，还有数不尽的乌鸦，栖息在最繁华的都市街区。我老家锦州，八景中的第一景就是"古塔昏鸦"，可见乌鸦之多。

满族人把它当成是吉祥的象征，汉族人则把它当成是灾难的象征。总之，它具有符号的意义。这种被赋予的意义世代相传，让它们躲过了人的猎杀。而且灾难和丧气，远比喜庆更有震慑力。超乎寻常的诋毁，恰恰是对老鸹的最好保护。

相比于蝴蝶，蛾子腹大腰圆，通体布满粉末，翅膀振动，会发出扑棱扑棱的声音，因此叫扑棱蛾子。扑棱的本意是能折腾，动作大。扑棱蛾子在飞行的时候，翅膀会掉粉。

扑棱蛾子"飞蛾扑火"，具有趋光性。飞蛾是一种神奇的昆虫，当亲人离世时，飞蛾经常在晚上在哀悼室里飞翔，被认为是死者的灵魂变成了飞蛾，回来看望家人。

钱串子并不是一个好玩儿的昆虫，但如果没有别的东西可玩，也只能委屈一下钱串子了。钱串子的本名叫蚰蜒，能以极快的速度在墙壁和天花板上游走。有人说，如果你踩死一只钱串子，就会有成群的钱串子进来。但我从来没有发现过这种现象。

老辈人不让我们打钱串子，因为它是财运的代表。如果它转眼不见了，说明财运溜走了；如果它跟你对视，迟迟不肯离去，说明财运来了；如果它爬到了某个人的身上，则表示横财加身。

每个学校、每个单位，都有一两个人，外号就叫钱串子。"他的钱只许进不许出，大家都叫他钱串子。""钱串子脑袋，见缝就钻。""身穿幸福金袍子，头戴智慧银帽子，佩戴快乐珍珠链子，腰系福气丝绸子，脚踩好运棉袜子，咋看你都像一个钱串子。"

蚂蛉也就是蜻蜓，是孩子们的最爱。抓蜻蜓要先做一个拍子，一个高粱秆做长柄，两根高粱篾子做拍子的龙骨，拍子上粘上一层层的蜘蛛网，而后用它粘蜻蜓。也可以先逮到一只雌蜻蜓，用线把它绑起来，让它在前面飞，勾引后面的雄蜻蜓，在雄蜻蜓过来和它交尾的时候，再用抄网将它扣住。

没有人知道，我们是在什么时候掌握了诱捕的技巧。利用爱情，或者说利用性欲，进行抓捕。雄蜻蜓以为自己跌入了情网，其实只是撞上了一张要命的蜘蛛网。

我们管壁虎叫马蛇子，经常出现在墙角，灰白带有花花，灰头土脸，其貌不扬，没有可能成为宠物。据说马蛇子是卵生的，但没有见过它的卵。壁虎既不偷吃人类的食物，又为人消灭害虫，却蒙受不白之冤，被列为"五毒"之一，看来也是个天生的大冤种。孩子们之所以把马蛇子列为玩物，就是因为它有断尾再生的求生避险功能。

壁虎遇到生存危机的时候，会将自己的尾巴断掉，这条被断掉的尾巴会在地上不停地扭动、弹跳，以吸引捕食者的注意力，它可以借机逃生。壁虎的在断尾后，还会长出一条新的尾巴。就因为它有这个本事，我们才不断地找它，切它的尾巴。它自救的本能，最终成了被玩儿死的理由。

# 万物皆可"整"

　　东北人说话，如果只选用一个动词，那一定就是"整"。"整"放在任何一个地方，都那么生动活泼，都那么恰如其分，只要能熟练应用这个"整"，东北话的纯劲儿就够了。东北话说来说去，说的就是一个"整"。

　　"整"是个动词，同"搞"，用途极广泛：整人、整事、咋整、没整、整明白、整不明白、整迷糊了、整点饭、整点花的、整点喝的。在东北喝酒，必须能整才行，先整白的，然后整色（sǎi）的，最后整啤的。

　　东北人说话喜欢说整，万物皆可整；其实说弄也可以，万物皆可弄；说扯也行，万物皆可扯。别瞎整、别瞎弄和别瞎扯是一个意思。你弄什么呢、你整什么呢、你扯什么呢，意思也是一样的。丰富的汉语语言，到了东北，合并了同类项，都变成一样了。这是不是一种幽默？也许是，也许不是。如果想为这样一组动词再找几个同伴，可以先选择搞。搞什么、扯什么、弄什么、整什么也是一样的。

"今天整（吃）点啥？"

"下啥馆子，就在家里整得了！"

"在家里整多磨叽呀。"

"在家里整实惠啊！"

"亲爱的，我想给你整个世界。"

"那你整吧！"

"咋整的，咋还能把车整坏了呢？"

"我也不知道，自己整了半天，没整明白。"

东北人和南方人在火车上相识，到了哈尔滨。东北人请南方人吃饭，点了一桌子菜。东北人说："整！" 南方人问："什么叫'整'啊？" 东北人说："'整'就是吃呀。"结果，南方人喝多了，刚进卫生间就吐了一地。东北人随口又说："这可咋整？" 南方人一听，这也能整？哗……又吐了一地。

万事都能整，万事也能装。装傻、装嗝儿、装蒜、装大瓣儿蒜（装腔作势）、装灯、装相、装熊、装孙子、装大尾巴狼。比如"癞蛤蟆屁股插鸡毛掸子——装大尾巴狼"。装啥呢？真能装。

在万事万物能整能装的同时，又出现了一个新的替代词：万物皆可盘。甭管什么东西，盘就对了！盘来自于文玩界，原本是玩核桃，后来见什么盘什么，意为玩它、捋它、逗它、修理它、拿它开心。竟然有女孩子张罗去公园盘老大爷。这是个新词儿，值得盘一盘。

# 神秘莫测的度量衡

东北人对数字很敬重，"识数"的人被认为是懂规矩的内行人。他们说"那个人很识数"，是赞许一个人识大体、知进退。

大幺母是东北人账册基本计量单位。有了这个计量单位，一切收支、增减、借贷、损益、盈亏，都会变得无比淡然。

社会进步的一个重要标志，是度量衡越来越统一、越来越精确；会计准则越来越普及、越来越规范化。在这个时候，东北人成为逆行者，发明了一个"大幺母"，这个发明对人类的健康发挥着至关重要的作用。如果每个人都能采用大幺母记账法，社会将变得非常和谐。

大幺母的写法很多，有大约母、大腰母、大约么、大腰么，当然，为了准确地表达，还应该加一个儿化音：大幺母儿。

大幺母在多个领域都有其独特的表达方式。

比如"老鼻子"。我费了老鼻子劲儿，也没有查出来老鼻子的词源，或是我能够接受的来源。网上说的多不着边际，我又说不出个子丑寅卯所以然，那就别再追根溯源，直接说它现在的含义。

老鼻子用东北话的解释是贼多、贼拉多、嘎嘎多、老多了、成多了、嗷嗷多、海了去了。用古汉语来表达就是应有尽有、浩瀚无边；佛家叫恒河沙数，道家叫不可胜计；从数学角度看，说的是无穷大。

一屁股饥荒，这饥荒的数量是多少？没有人能准确地测算出来。但如果你伺候过月科里的小孩子，或者伺候过卧床不起的老人，也许就能感知到一屁股饥荒是什么样子：到处都是，磨磨叽叽，根本就清理不出来。那些对上市公司进行破产清算的会计师事务所、审计师事务所、律师事务所的人，一定能更深切地理解一屁股饥荒是啥。那是谁见着都头大、剪不断理还乱、破裤子缠腿的债。

一脑门子，作为计量单位，主要计量的是汗和官司。一脑门子汗、一脑门子官司，它们之间的关系可以看作并发症。每个人汗腺位置不一样，有些人脑门上不怎么出汗，那可能就是一裤兜子汗。一裤兜子汗是很多汗，而且都是冷汗。从量上看，一脑门子汗和一裤兜子汗是等价的。

在东北，整个浪儿，也叫户笼个儿，也可以写成囫囵个儿，指的是全部、整体。全部一样，叫作一水儿。

一筷头子，筷子夹一下的量，甚至是筷子头蘸一下的量，多形容饭量小。"那孩子老不爱正经八百地吃饭了，上桌就整那么一筷头子，完了就跑。回来饿得狼哇的，到处翻小食品。"

眼瞅着，形容时间很短，与之相似的词是一溜烟儿。当然还有屁大个工夫、撒泡尿工夫。

"眼瞅着他起朱楼，眼瞅着他宴宾客，眼瞅着他楼塌了。"虽然很快，也总得十年二十年吧。"这孩子眼瞅着长。"虽然很快，也总得一两年吧。一溜烟儿就快多了。"那孩子一溜烟儿就没影儿了。"可以说是眨眼之间，佛家说一刹那。

不远匣儿、不远狭儿，也可以写作不远罅儿，如果要确定正字正音，很可能是不远遐儿。这个词原本应该是不远遐迩，古色古香，老百姓不明就里，依样画葫芦，遐迩连读，加了个儿化音。与之相近的还有跟前（qiǎn）儿。

一脚油是近年汽车普及以后才形成的距离单位。一脚油有多远？没有人知道。从数学上说，一脚油的最大值与油箱的容积成正比，与百公里耗油成反比。这里面不应该有红绿灯，如果有，就忽略掉。

我从沈阳到本溪看房子。搞销售的人就跟我说，房子离沈阳很近，也就是一脚油的事儿。我们的汽车开了一个多小时。如果他的逻辑是真，一脚油恐怕得几十公里。当然，一脚油也可能是十里八里。我想，从沈阳去长春就不应该叫一脚油，虽然它们不远匣儿。因为高速公路上有两个省级的收费站，是必须要踩刹车停下来的。再敢踩油门，那就是猪头肉不叫猪头肉——熟食（收拾），等着挨收拾吧。

一胯子远儿是说长度。胯是胶辽话，意为不长、不大点儿、不费力就能走到的距离，比如百八十米或三五百米。每个人对一胯子远儿的理解都不一样。有人甚至把三五公里甚至更长的距离，都视为一胯子远儿。

一骨碌香肠，作为讲长度的词，也叫一咕噜、一截股，应小于半根。人们习惯的说法是一根香肠、半根香肠、一骨碌香肠。没有说两骨碌三骨碌的，骨碌与骨碌之间，没有加法和乘法关系。骨碌是典型的大幺母量词。

一骨碌也可描述道路的长度。"我送你一骨碌吧"说的是"我再陪你往前走一段路"。有时候会产生歧义。比如一个年轻的男士和一个年轻的女士说"我送你一骨碌吧"，会被当成荤笑话。

一提溜鸡蛋、一提溜啤酒中的提溜是个相对准确的量词，基本上相当于半打，当然，也有指五个四个的。这个量词在购买鸡蛋的时候使用不会有任何异议，因为无论一提溜是五个鸡蛋还是六个鸡蛋，在现场不用说明都能看得清。

东北人说钱，喜欢用万八千的、千儿八百的、百八的，一般是说月收入，也是一个虚数。我同学退休，退休金不足2400元，折算到每天不好意思说"百八的"，就发明了一个新词，叫"百儿七的"，说自己哪天还不赚个百儿七的。

一硍（kèn）子、一摞儿、一沓儿、一捆儿，纸币计量单位，数量不精确。其中，一硍子表示很多，有明显的强调和感情色彩。"拿了一硍子钱"，说的时候要瞪大眼睛，表现出很惊讶、很羡慕、没见过大世面的样子。

东北人挣钱，还有一种特殊的表达，可能不归入大幺母序列，但感情色彩非常浓厚，也值得一说：东北人的钱挣得五花八门，有挣个屁的，有挣个鸟儿的，有挣个六儿的，还有挣个妹的，挣个鬼的，挣个球的。这可能跟各地方各单位的结算方式不同，也许还有别的不同。根本就猜不透。

东北人说的大幺母模糊而不混沌，是模糊数学的高度概括。东北人的模糊性是骨子里的，是沉浸在基因中的，既有古老的承继，也会继续遗传下去。

东北为什么会产生如此神秘的大幺母？令人百思不得其解。中国的铁路网和大工业是从东北开始的，产业工人远比其他地方多，俄、日都对这里产生了长期的影响，应该对数字保持高度的敏感和严谨，但却恰恰相反。

可能的原因是，闯入东北的大多是没有文化的流民，不具备进行精准计算的能力。也许是那里地广人稀，物产富饶，不在乎那仨瓜俩枣。

# 和二愣子一起去上学

二愣子从上学那天就开始发愣，像手机从来没信号，电脑一直在死机。

"学校"要读成淆校(xiáoxiào)，"学生"要读淆生(xiáosheng)，"学问"要说成淆问（xiáowèn）……学生上学校做学问，要读作"淆生上淆校做淆问"。二愣子的舌头捋不直，就算拿电熨斗熨烫也弄不平，在嘴里别别愣愣的，不听使唤。

"当学生的，上学败（别）磨磨叽叽的，去晚了可碴磳死了，麻溜儿的吧！"这是二愣子家人每天早晨对他的第一句问候。

二愣子上学没几天，就学会了一首儿歌。学儿歌是他上学唯一的乐趣："一年级的小豆包，一打一蹦高儿。二年级的小水碗，一捅一个眼儿。三年级的吃饱了饭，四年级的饿死了算。五年级的发了火，六年级的全滚蛋！"

最愁的是这孩子算数学不好。一个人手里搐个蛐蛐儿，锅里馏个馒头，看到树上骑个猴，水缸里拔个西瓜，揪把胡萝卜，拾捆柴火。整个浪地拢到一块，统共多少个？小兔崽子竟然掰着手指头写5＋6＋7＋8＋9＋10＝45。其实标准答案是一个蛐蛐加上一个馒头，再加上一个西瓜、一根胡萝卜、一捆柴火，统共等于五。因为骑在树上的猴不能算。

这小兔崽子，一天天地，不知道想啥，老师念题也不往心里去。人要是没正形，连头痛都是偏的。

东北学生在课堂上吵吵闹闹，吵到急眯白脸，旁边人烦得不行，就会说："你们俩找削啊?!"东北人硌硬溜须拍马的马屁精，恨不得谁家的驴尥蹶子踢死他。

二愣子上课无精打采，上眼皮打下眼皮，困得不行。他的同学酱块子、土豆子、狗剩子、三驴子、鞋拔子、山炮、老蔫儿、棒槌、瘪子、狐狸精，也都这副德行，充分证明学校是梦开始的地方。

"嗖"的一声，黑板擦飞过来。老师暴怒："你看看你！上课风都能吹倒，下课狗都撵不着。"这一嗓子，吼得二愣子睡意全无，觉得上课睡觉不是自己的错，老师讲课有催眠作用！

老师气急败坏："翻翻黄历，今天是不是不宜上课？"她说："我一直以为当老师是卖智力的，今天才知道，原来是卖体力的。"二愣子就觉得，如果真翻黄历，估摸着哪天都不宜上课。当老师的根本不好好翻黄历。

课堂乱哄哄的。老师说："好家伙！房盖都要掀起来了，养鸡场都比你们安静。谁说你们没有毅力？长期坚持上课说话，还说没毅力？"她环视了一下教室，祭出撒手锏："把昨天布置的作业拿出来！你们肯定没好好做，我对你们的懒惰相当有信心。"

老师说她连续上了四节课，很累。二愣子就觉得不对劲儿。因为他已经上了一天课了。他发现：世上有两种东西会扒玻璃窗户，一个是壁虎，一个是班主任。

二愣子对班主任老师三分恐惧，七分崇拜。老师右手食指功夫了得，不输登峰造极、炉火纯青的一阳指，精微奥妙的"弹指神通"或"葵花点穴手"，手指头闪电般落在二愣子脑门上，让他七星高照、脑洞大开；也让他哑口无言、肝脑涂地。他想拜师学艺，但师是不用拜的，因为班主任原本就是他的老师。

和班主任的食指敲击相比，弹钢琴的手显得太笨拙了，架子鼓抡大锤显得太柔弱了，鞋匠钉秋皮钉又太缺少准头了。老师的指法臻于化境。

　　二愣子师出名门，被这样的老师点化了几年。手上的功夫是零，但记忆却莫名其妙地深刻。他所有的噩梦都是一个内容：班主任让他去办公室！

　　二愣子的学习从来就没好过。他认为，这和他的班主任有关系，班主任的食指，给他的脑袋敲散黄了，敲成了一锅浆子。

　　试卷点评的时间是老师骂人的时间。

　　"这种题目，给个大饼子，狗都会做，你居然不会！你脑袋是一维的啊？"

　　"知不道自己考几分？心里没个数吗？"

　　老师骂学生，是个玄学问题，都是先从好学生骂。那些蹦精蹦灵的老师心目中的红人首先躺枪。二愣子他们班有一个大奔儿楼头，搁到现在，一定取名寿星佬儿，学习老好了。这回考了90分，也被老师骂了。

　　"大奔儿楼头，瞅我嘎哈？上学期全学年考第一，这回在咱班里考第三，坐着滑梯往下出溜，得劲儿啦？下课以后到我办公室来一趟。"说的大奔儿楼头鼻大眼小、愣的乎地、眼泪吧喳。

后面有几个驴马蛋子在睡觉。老师咆哮着："你们修仙来啦？赶紧把自己的擦屁股纸拿走。"

让二愣子感到惊讶的是，土豆子考了83分，竟然也被骂了一顿。说他嘚了吧嗖、吊儿郎当，那脑子都不如水表，水表还知道转呢，他那脑袋就不转个儿。

鞋拔子点背，考了59。老师就说："这心得有多大，洗脸盆子都装不下。"她还说："人有脸，树有皮，没皮没脸，天下无敌。"鞋拔子，心里就在想自己到底是脸大还是没脸？是脸大好，还是没脸好？怎么可能又大又没有呢？

鸽子蛋的绰号源于脑袋比别人小三号。这一次他正常发挥，考分不到40。二愣子觉得，他客观地告诉大家，成绩和脑容量成正比。

老师很感慨："你不是有个舅舅搞工程吗？跟他推沙子去吧。早晚的事儿，就别在这儿兜圈子了。"

二愣子现在回想起来，当初的老师真是字字珠玑，一句顶一万句。

对于学生来讲，如何避免在老师骂你的时候被逗笑，然后又挨一顿骂，绝对是基本功。老师根本不屑骂脏字，只需一段精准的描述、生动的比喻，加上些大碴子味的金句，就像AK-47扫过天灵盖，让二愣子两眼发黑，头皮发麻，脑瓜子嗡嗡的。

# 二丫和翠花的语文课

操着一口东北话的中小学老师，如果脾气再有点暴躁，对于学生而言，就是人生初始的灾难。二丫和翠花的语文老师，就是二丫和翠花的灾难。

二丫的爷爷当过小队会计，是可以和小学校长平起平坐的"高知"。二丫小的时候，受过良好的教育，都是爷爷教的。爷爷指着西红柿卡片，对二丫说："跟爷爷学，这是洋柿子！"爷爷又指着小鸟的卡片说："跟爷爷念，这是家巧（雀）儿！"爷爷又指着蜻蜓卡片说："这是大蚂蛉！"爷爷指着香皂的卡片对二丫说："这是胰子！"爷爷又指着毛毛虫说："这是洋剌（lá）子！"

等到二丫上学了，老师才告诉她："什么洋剌子？这是花蝴蝶儿小时晚儿。再长一长，它就要变成蝴蝶儿了。"

二丫就跟翠花说："要是洋剌子长一长就能变成蝴蝶

儿，我们再长一长，是不是也能变呢？"

我念书的时候，老师用普通话上课，抽冷着弄句东北方言，纯属顺嘴秃噜出来的。在东北，即便是语文老师也很难分辨东北方言和普通话的差别，搞不清楚哪儿岔劈了。因为他们的老师也是东北人，老师的老师还是东北人。东北人听东北人说普通话，老好了，打的都是最高分。他们把方言当普通话，理直气壮，慷慨陈词。

半个世纪过去了，地方方言成了非物质文化遗产，可以披挂上阵，登堂入室了。

没有谁比语文老师讲东北话更顺溜、更沙楞啦，听着就是那么解渴。老师对外人总是说："我这班学生，别看他们平时都蔫不登的，唠瑟起来也是没治了，整点啥麻溜着呢。如果写字也都能立正（zhēng）儿的，别都魂儿画的，那就贼毙了。"

但要是没有别人，他可不这样夸学生，整天急赤白脸地骂。他教拼音，拼"棉"，是这样教的：摸—衣—唥～"棉"，niáohua的"棉"。整到最后，二丫和翠花都不知道到底是棉花还是niáohua，查字典都不好使。《新华字典》里根本就没有读niáo的字。

老师在讲俄国作家普希金的诗《假如生活欺骗了你》："假如生活欺骗了你，不要悲伤，不要心急！忧郁的日子里需要镇静：相信吧，快乐的日子将会来临！心儿永远向往着未来；现在却常是忧郁。一切都是瞬息，一切都将会过去；而那过去了的，就会成为亲切的怀恋。普希金这小子说的意思就是，假如生活撂倒了你，或者是生活忽悠了你。败（别）闹挺，败叽歪。要么扑撸扑撸身子，自个儿麻溜起来。要么就躺那嘎达败起来，一直朝前顾涌（扭动身体爬行）爱咋咋地。瞅着吧！乐呵的时候指定得过来。咱们的心啊瞅着往后，这会总是让人憋屈。啥啥都是一会工夫，出溜一下都得没了。那没了的呀，早晚得变得招人稀罕了。"

二丫写了篇作文，被老师一顿臭批。二丫在作文中说：好马不吃回头草。老师说：你说得不对，俗话说，浪子回头金不换！

二丫在作文中说：兔子不吃窝边草。老师说你说得不对，俗话说：近水楼台先得月！

二丫在作文中说：宰相肚里能撑船。老师说你这纯属瞎扯，俗话说：有仇不报非君子！

二丫在作文中说：男子汉大丈夫，宁死不屈。老师说这个观点是错误的，俗话说：男子汉大丈夫，能屈能伸！

二丫在作文中说：车到山前必有路。老师说，你可真是个死犟眼子，不撞南墙不回头！

二丫蒙了。

在作文课上，老师说：人不犯我，我不犯人。翠花举手发言：俗话说，先下手为强，后下手遭殃！

老师说：礼轻情谊重。翠花说：上次你不是告诉我们礼多人不怪吗？

老师说：一个好汉三个帮。翠花又举手说：老师刚刚教我们靠人不如靠己呀！

老师又给大家布置作文，说：人要有伟大理想，人往高处走，水往低处流。

可翠花又说：老师，您说得不对，爬得高，摔得重！

忍无可忍，不能再忍。

老师把二丫和翠花叫起来，咆哮着说："不要把我对你们的容忍，当成你们不要脸的资本。我只想骂人，但不想骂你们俩！"而且还特别叮嘱翠花："好好学习，天天向上。三年之内，别搞对象。你看你长的那样，除了丑，没啥强项。"

老师用一根食指点着翠花的脑门，继续咆哮着："哎哟，小样儿！有空多吃点鱼吧，看你挺会挑刺的！还敢跟老师抬杠。这么会抬杠，赶明儿个我把你推荐给包工头，工地需要你！"

二丫和翠花的小学就是在这样的语文老师的高压下，顾涌着顾涌着，走出来的。她们经历过暴风骤雨，经历过锤打，再也无所畏惧。

# 三叔二大爷

二大爷永远戴着他那顶瓜皮帽。瓜皮帽又称"六合一统"帽，是明太祖倡导六合一统、天下归一、一统山河的装扮。

二大爷的万能嗑儿是"嘎哈"。他给三叔（音"手"）打电话："你嘎哈呢？"

"我没嘎哈。"

"没嘎哈是嘎哈呢？"

"没嘎哈就没嘎哈啊。"

"你说你没嘎哈，你肯定嘎哈了。"

"我真没嘎哈，要是嘎哈了，嘎哈不告诉你呀。"

最后一个嘎哈是"为什么"的意思。

最纯的东北话，未必能完整清晰地表达说话人的意思。这种人很多，说话含糊其词，似乎是暗语，不想说明白，似乎又根本说不明白。

二大爷跟三叔说：上那哪儿找那谁把那啥给我搂（qiǔ，意为取）来。我告诉你咋走，你从那哪儿往前，完了往左拐。

三叔说："你搁哪儿呢？那谁拥顾（因为）那什么找我坐一下，我正在跟那谁干那哈呢，你要到那哪儿了就说一下。对了，你可别跟那谁说呀。"

这种说法，就算是遇到了美国中央情报局、俄罗斯的克格勃、英国军情七处、以色列的摩萨德，也是滴水不漏。

二大爷和三叔在一起，说话也是枪火，口气不对味儿："你这话说得有劲，不用上粪。"二大爷的"劲"字后少了个儿化音，很短促，咬着说。

三叔就抢白二大爷："你到底说话算不算数？就知道忽悠，整天扯山撇海，有预制板都不用砖头子！别老秃噜反仗[1]的。有点正经的，没人听你在那儿扯闲白儿。"

二大爷面子挂不住，霍地站起来，冲着他喊："你什么

_____

[1]　说话不算数。

态度？急哧白脸的。冲我连唧带损①呲呲嗒嗒②的。我再咋不济，也是二大爷！"

我到南方的时候，二大爷用三叔的电话给我发了一段语音，算是对我的叮咛、嘱托和祝福，老真亮儿了：

"咋地啦？听说你上南方啦？拥故啥呀？那地方热的乎的，潮吧啦的，粘咕抓的，屋里捂了吧唧的。咱这看电视都知道啊！南方人说话叽里咕噜的，念咒似的，多噶咕（别扭）啊，谁都听不懂，哪有咱这嘎达好啊。是不是能多挣点钱儿啊？要是能多挣俩，遭点儿罪也值；要是不多挣，扯那犊子干啥？

"老话儿说得好，不是强龙不过江。你小子小时晚儿学（音"峥"）习就贼拉好，我就觉（jiǎo）着你有大出息。结果怎么样？考上大学了，还上省城了，让人羡慕死了。可是呢，咱也一定记住另句话，强龙斗不过地头蛇。东北人不是囊囊揣。出去败惹是生非，二虎吧唧，毛愣三光，欠儿欠儿的，败动不动就跟人家支把起来，说话办事，败舞舞喧喧地瞎忽悠，时间长了，招人硌硬。干上活了不能稀里马哈、嘚

---

① 当面挖苦、挤兑，使对方处于尴尬境地。
② 用刻薄的语言数落。

嘚嗖嗖、急头掰脸的，也不能秃噜反仗、半拉咔叽的。但话说回来，也不能老吭哧瘪肚的，做事要骑了咔嚓、麻溜儿利索儿沙楞儿的。

"赶明儿个你安顿下来，我让你弟投奔你去。打虎三兄弟，上阵父子兵，用谁不是用？给谁开钱都是开，那就给家人多开点。肉烂在锅里，自家兄弟靠得住，你说是不？"

三叔接过电话，也嘱咐我一通，异地他乡，人生地不熟的，一定要和大家处好关系：哄朋友开心就做做东，哄老婆开心就做做饭，哄自己开心就做做梦。

二大爷在一旁插话，没啥事犯不着哄朋友开心，花冤枉钱。

三叔就说别太抠：那种拉臭捡豆吃，尿尿撇油喝的家伙；挤虮子的血都要舔，拍苍蝇的油都要掏的东西；撒尿赶紧回家，拉屎不往外拉的人；那些一毛不拔的铁公鸡铜斑鸠，玻璃耗子琉璃猫，走到哪儿，都不受待见。

在世界文艺史上，莎士比亚笔下的夏洛克、莫里哀笔下的阿巴贡、巴尔扎克笔下的葛朗台、果戈理笔下的泼留希金，都不及三叔嘴里的老抠儿。东北人的想象能力和语言毒性是人类的边界，是艺术的天花板。

# 童年的"嘎拉哈"

　　嘎拉哈，兜里装，姐妹转圈儿围一帮。没啥玩儿的翻线绳，皮筋跳得腿发僵。姑娘搭伙丢手绢，小伙野外打雀忙。光着屁股摸蛤蟆，臭水坑里打漂扬。

　　东北孩子贼淘，晒得雀黑，每晚回到家小脸都魂儿画儿的，爸妈总会说：成天遥哪瞎跑，瞅你那脸，埋了咕汰的！

　　渔猎民族的后代，所有的游戏当然得打下渔猎的痕迹。欻嘎拉哈①，是鲜卑、契丹、女真、蒙古儿童的重要游戏。没有狩猎和游牧，就没有嘎拉哈，没有欻的客观条件。

　　欻，这个字出现得很少，欻嘎拉哈就是把一个口袋抛在空中，在它抛起并降落的过程中，玩游戏的人把嘎拉哈摆成自己想要的形状。时间短，任务重，需要玩家眼疾手快。东北话中有一个音需要它，那就是"欻空儿"，抽时间的意

---

① 动物的髌骨。

思。"这两天歘个空，给你二大爷拿点儿粘豆包过去。"

相传，"嘎拉哈"和完颜阿骨打四子金兀术有关。当年岳飞抗金，精忠报国，抗的主要就是金兀术的队伍。金兀术和宋朝有亲密的亲缘关系，他是宋徽宗的姑爷、宋钦宗的妹夫。打来打去，结果都打成了亲戚，这才是人间游戏。金兀术少年时进山打猎，获取了四种最凶猛野兽的腿膜骨，传为佳话。嘎拉哈是渔猎民族财富的象征，证明他曾经猎获过很多猎物，也是勇敢的象征。

最好用的嘎拉哈，是狍子的。这一定是猎人打来的。差一点儿的是羊嘎拉哈。猪嘎拉哈、牛嘎拉哈都太大了，不好玩，可能是汉族流民弄的。我玩过的最小的是猫嘎拉哈。我小的时候，孩子们没什么玩具，如果送给孩子几个嘎拉哈，都算是很珍贵的礼物了。

冰车是雪爬犁的儿童化，让人想起鄂伦春的撵鹿人。最基本的结构就是木板、冰刀和冰钎子。即便是老式的冰车，冰刀用钢筋或者角铁，也是东北现代工业发展以后的产物。

单腿冰车，也叫"单腿驴"的，滑行速度快，灵活性超强，是小男孩儿炫技的最爱。

冰尜，亦称"冰陀螺"，是北方孩子们中非常流行的一种玩具。冰尜上端平面，下端尖形，或镶铁珠，玩时用鞭绳缠绕陀螺，猛然用力往上拉，使它在地面上旋转（也可用双手使其旋转），并不断抽打使它持续旋转。若在上端平面涂上颜色或彩纸，旋转时既好看又有趣。

冰尜鞭子可以在小木棍上绑上布条即可。

打冰尜时，需先将鞭绳紧绕在尜上，先将尜放倒，急速抽动鞭子，撒散会因惯性立起来，此时用鞭子连续抽冰尜数下，使冰尜以高速旋转，保持稳定，如尜的转速慢下来时，只需补上几鞭即可。

冰尜和尜有所不同，冰尜下端尖形，上端平面；尜两端都为尖形。使用时冰尜用鞭子抽打使其快速旋转，而尜则是将其扔起后用木棍横扫。

小时候玩泥巴，最爱玩的是摔泥呱呱。玩法是把泥巴——必须是黄泥——捏成碗状，给对手看看有没有漏洞，对方认可没有漏洞之后，把泥碗用力摔在地上，摔得越响炸出的洞越大，对手拿自己的泥巴捏成片把漏洞补上。这样就产生了输赢。我呢，总是输，而黄泥却不好找，好在我家房子就是黄泥加洋草垒起来的，输了就去抠点。如果不是后来被家里人发现挨了一顿打，我估计现在就能给孩子们讲"我小时候玩泥巴输了一座房子"的故事了。

冰溜子，如同冰制的钟乳石。在东北，我们小时候就喜欢玩房檐下的冰溜子，掰下来一根儿就如同一把宝剑，玩累了还得舔一口解解渴。

如果孩子是一个真正的无产者，什么玩具都没有，还可以去打跐溜滑：通过一段助跑，在光滑的冰面上站立，利用惯性滑行。这个没有任何工具的游戏，吸引力超大，是围观人数最多的游戏。我念小学的时候，学校操场旁边就有打跐溜滑的冰面，应该是学校特意浇的。它应该是一切冰雪运动的鼻祖。

弹弓，二十世纪七八十年代开始流行。一般由弓架、皮筋、皮兜三部分组成，一般用树木的枝丫制作，呈"丫"字形，上两头系上皮筋，皮筋中段系上一包裹弹丸的皮块。弹弓的威力取决于皮筋的拉力和皮筋的回弹速度，皮筋的来源主要是两个，一个是自行车的气门芯，一个是医院用的包括听诊器上的皮筋或压脉带。据说，古代人没有皮筋，做弹弓就要用鹿脊筋丝来代替。这种话说说而已，完全没见过。

还有重要的一项就是下夹子打雀。夹子都是孩子们自己做的，打雀前至少要做十几个夹子，还要在苞米和高粱秆里找虫子。能打到的鸟各式各样，最最普通的当然就是麻雀，当然也可以打到赤麻鸭。

游戏是对生活的模仿和演习。城里的孩子喜欢玩过家家，上医院打针；山里的孩子喜欢藏猫猫。寻找躲避者和躲避寻找者，是狩猎者获取猎物、躲避危险的技巧。不懂得搜寻，将一无所获，空手而归；不懂得躲避，也就成了野兽的猎物，不用回来了。

藏猫猫是一个考验耐心的游戏。要找到几个躲藏起来的孩子很不容易。孩子躲藏起来，等待着别人寻找，一直找不到他，也很难受，而不是沾沾自喜。最后总有人说"我在这儿呢"，或者寻找者说"你们出来吧"。

# 体己钱和体己嗑

　　体己的读音是tīxī，关里人读tǐji。读音的差异主要是汉族人和满族人的差异。体是长音重音，己是短音轻音。原本的意思是贴身、放在里怀的，引申为贴近、知心；另一个含义是个人的私蓄，也就是私房钱、小金库。说体己话，就是说掏心窝子的话。

　　人藏钱和松鼠藏松子一样，是天性，是本能，无可厚非。但把钱藏在哪里，考验着人的智慧。放在里怀，放在被服垛底下，是没什么想象力的；放在烟洞里，又是太危险的。

　　放在里怀的，后来都改为缝到短裤里了。这个习惯，至少延续到银行卡普遍流行之后，也就是21世纪。也许现在还有，只是越来越少了，因为获取现金和使用现金的机会少了。

东北的炕头很热乎，坐在上面很舒坦。但如果有人问你私房钱的数量和隐藏的位置，无论多么舒坦，你也未必肯说。这种轻易不与人说的话就是体己话。体己话的内容，十有八九说的是体己钱。

唠体己嗑，说体己钱，都悄么声的，没有欠儿欠儿的，吵吵吧火，武了豪疯的。说体己话之前，一定要判断听众是不是体己人。如果不是，千万不能说。你刚说到你有点儿体己钱，对方就想伸手，让人难看不难看？

有很多人，天真地认为体己话是谈感情的，明显暴露了社会认知的不成熟。有钱的时候，可以讨论感情；没钱谈感情，是不是要耍流氓啊？

东北人管挣钱叫"搂钱"，就像秋后用笆子搂草、搂树叶，往家里搂。搂这个动词有意思，一是觉得量很大，二是觉得难度很低。挣钱用"搂钱"来形容，说明当初，也许是采人参的时候，也许是冬捕的时候，也许是进城打工的时候，每一个东北人可能都有一段儿挣钱很容易的历史。东北人相信：男人是搂钱的笆，女人是装钱的匣。

既然男人是搂钱的笆，女人是装钱的匣，那么，家里的积累就应该很多。有钱人的生活很难想象，但谁能克制自己不去想象呢？东北把家里有很多积蓄叫"趁钱"。"你可别瞧不上人家二愣子，他可老趁钱了。"

东北人把欠人钱称为"拉饥荒"。拉饥荒这个词特别好，让人想象着遭遇饥荒的日子被无限拉长，啼饥号寒的日子没有终点。"拉一屁股饥荒"，一屁股饥荒是多少饥荒？如此形象的语言只有在我们抽丝剥茧，逐步打开的时候，才能发现它所包含的无奈。

饥荒是怎么拉的？当然是借钱。在东北，借钱也叫"摘钱"。摘钱都是急用，按照东北人的逻辑，救急不救贫。救急是因为他能还得起，不救贫是因为他还不起。"我想摘几个钱救急。""你要多少？"

摘完了钱，形成了债务关系，就叫该钱。该钱是欠钱的意思。该钱这个东北话词语，让我骄傲。它在提醒每一个债务人，欠钱是应该还的。该是军中互相戒守的约言，它要求人守信。当人说该别人钱的时候，他说的是守信，是一定要还这笔钱。这就是该的意义。"人家该咱们的，咱们该人家的……算一算，看看还有几个钱没有。"

如果出现大额的消费或者不间断的支出，东北人会说得钱儿啦。"他这个病不是小病。得吃进口药，得钱儿了。"

角洋，旧时通用的以角为单位的小银币。二十世纪六七十年代，把一角钱叫洋角。可能的原因是这种钱是苏联人在圣彼得堡印制的。

人类发明了钱的同时，就一直在探索各种各样藏钱的方式，就有了私房钱，也就是东北人所说的体己钱。"你八大姨可是不愁吃不愁喝，听说她爸走的时候给她留下不少体己钱儿，有了腰里横，底气就是足。"

体己钱是小钱，且来源不稳定。过去大户人家嫁姑娘，陪嫁的嫁妆里就有一块体己地。体己地是女人出嫁时娘家送给的、约定只有她个人能够享用其收益的土地。相当于现在婚前公证的财产。当年，东北地广人稀，豪门地主的土地很多，把它作为陪嫁的事儿时有发生。过了东北向南，这种事儿就越来越少了。东北女人的体己地在东北解放以后也没了。

过去是男人当家，女人想办法弄点体己钱；现在是女人当家，男人想办法弄点私房钱。过去女人弄体己钱，琢磨着给娘家拿过去；现在男人弄私房钱，琢磨着凑个麻将局或者买彩票。真正"作奸犯科"，靠攒私房钱的很少。

体己钱和体己嗑

# 瞅你咋的?

东北最魔性的对话是:

"你瞅啥?"

"瞅你咋的?"

"你再瞅一下试试。"

"试试就试试。"

"你这是找削啊!"

"别老吹牛×。"

"你信不信我削你?"

"你削一个试试!"

东北武林,血雨腥风。啤酒瓶子,谁与争锋?

这段对话证明了东北人是理性主义者。首先,他很好奇地问对方:"你瞅啥?"如果他确认对方真的没有瞅他,事不关己,云淡风轻。第二句"瞅你咋的"表明了你的判断没有错，我确实在瞅你。我的问题是，我瞅了你，你想咋的？你能咋的？你敢咋的？第三句"你再瞅一下试试"显得更为理性。因为偶然地瞅一次，并非主观故意，也是可以谅解的。因此，他要确定，通过再瞅一次，才证明对方的主观故意。第四句"试试就试试"表明了说话者坚定的态度，告诉对方自己的立场，而且不像你想象的那样，是个软柿子。第五句"你这是找削啊"充满了悲悯和同情，觉得对方如此不懂事理，马上就要挨一顿胖揍，还懵懂无知，必须给他一个善意的提醒。第六句"别老吹牛×"表达了说话者劝人认清形势，知进退，不要撩嫌，不要惹是生非，不要祸从口出，这次警告是升级版。第七句"你信不信我削你"仍然在征求对方意见，如果对方信了，也许就可以避免挨削；只有不信，才会挨削。第八句"你削一个试试"表明自己的立场，作为强者，我不首先动手。如同一句外交辞令——"我不首先使用核武器"。

在随时可能发生激烈战斗的时候，双方保持密切沟通，避免擦枪走火和误判，反复警告对方不要冲破底线，不要咎由自取，不要玩火自焚，多么彬彬有礼呀。只有在最有礼仪的地方，最有修养的人，才会如此面对对手。这种高深莫测的礼仪文化，除了在东北，很难遇见。

《论语》讲述了一段故事，孔子想到东北去。有人劝他，那里的生活条件太艰苦，群众的文化修养很低，行为很野蛮，根本不是一个合理的选项。孔子就说："圣人居住的地方，怎么还能说是缺少礼仪和道德修养呢？"（《论语·子罕》）

如此看来，孔子很看好东北那嘎达的人，很欣赏他们的为人和做事风格。

如果在"你瞅啥呢"之后，对方并没有接"瞅你咋的"，而是说了句"你看看你那个×样"，形势将从全武行模式转为斗鸡模式。血肉横飞将变为唾沫星子四溅。从出拳速度的竞争转变为声调高度的竞争，从体育竞技转为文艺汇演。单口的单出头，大段的贯口和独白，对口的一副架，兵来将挡，闪转腾挪，都是戏眼。这时候，会围上里三层外三层的人卖单儿（看热闹）。

调高嗓门，集中火力，巧舌如簧，万箭齐发，骂个痛痛快快，就是真正的王者。

有些词是无法穷举的。比如东北人说"丼儿嘞呵的""损色（sǎi）""吊儿郎当"里面的名词，要给与它们相同和相近意思的词语做一个集合，可能是一个无限集。旧时那些乡村的泼妇，那些街头的无赖，那些被城管追着乱跑的小贩子，那些讨薪无门的农民工，嘴上都有各种各样的说法，而且还在不断创新。最原始的器官，最原始的骂法，却能花样翻新，其创作的原动力很值得研究。

与之相近的是唥个儿和吊儿郎当。

唥个儿是满语，读lāngger，是跑卵子的别名，意为公猪。猪的睾丸很大，走起来晃晃悠悠，说的是年轻人不安分。"你一天天地跟个唥个儿似的"，意思是你像一只正在发情的公猪，坐立不安。"唥个儿出来吃饭了！"

吊儿郎当和唥个儿表达的内容略有区别。有人认为吊儿郎当应该写作屌儿浪荡，说的是摇晃的睾丸。写起来不雅，文人落笔的时候就变成了吊儿郎当。这些词语虽然各有不同，但总的来说仍然是东北最习惯说的那句粗话："你看看你那个×样。"

说这些词的时候，人要把眼睛眯起来，看着对方，嘴做兜齿状，词要从牙缝里挤出来，而且要比平时的语音语调更低沉，以显示出极度的不屑。

最后一句一定是："我让你瞅！"它说明了动武者的目

的是满足对方喜欢瞅他的好奇心。而且他打的地方十有八九是对方的左眼眶，也就是东北人说的"给他一个眼炮"。打眼炮最容易让人看得清，证明了"我让你瞅"的诺言真实不虚。

舍家撇业闯关东的人，谁缺胆子？

所谓的牛×、虎×、二×，都是一样的。我们的老祖先对这一块也非常好奇，发明了无数的词，表达着同一个内容。

光练不说傻把式，光说不练假把式。单出头和一副驾的上演时间不会太长，在高潮处一定会出现一句"我让你逼逼扯扯的"，一记老拳冲向对方腮帮子。此所谓文武之道，一张一弛。语言上交流交流，拳脚上沟通沟通，再交流交流语言，再沟通沟通拳脚，直到筋疲力尽，尽兴而去。

一本正经的胡诌八扯！读者可能会这么说。这本身就是东北人说东北话的一大特征。作为一名贼拉纯正的东北人，偶尔露一手，不香吗？

# 欠打的杠精和 "死将"

"你有病啊?"

"你有药啊?"

"你神经病啊?"

"你能治啊?"

这套对话几乎和 "你瞅啥" 一样,传得老溜了。社会正在不断涌现越来越多的杠精。

东北不是杠精的原产地,甚至没有悠久的杠精发展史,只是个后起之秀。

有些人就是这样,你跟他讲道理,他跟你讲感情;你跟他讲感情,他跟你讲人性;你跟他讲人性,他跟你讲现实;你跟他讲现实,他跟你耍蛮力;你跟他耍蛮力,他又跟你讲道理。

杠精的基本逻辑是:只有自己是对的,别人都是错的;

杠精所到之处，寸草不生；不要脸，臭不要脸；只要掉不死，就往死里掉；指鹿为马，颠倒黑白……

"甩词必须得狠，比喻必须形象，感情必须丰富。"杠精的杠法是不能总结的。任何总结都意味着肤浅，暴露了自己很二。

"妈，我想要自行车。"

"我看你像自行车。"

"妈，我想要游戏机。"

"你看我像不像游戏机？"

"妈给我买双鞋。"

"我给你买个六儿（啥也不买）。"

这套嗑儿，就像紧了发条一样，可以滚动播出，是无限不循环小数。

经过训练的东北人，在跟人发生意见分歧时，绝对能挡得严、接得住、推得出，"移花接木"加"偷换概念"，瞬间把人说蒙。

据各路专家考证，"抬杠"一词来自东北的"抬杠会"。每年正月十五元宵节，众人抬着伶牙俐齿的小丑坐的竹杠小轿，在人群里穿梭，围观的人则和那个小丑比赛斗嘴，互相挖苦对骂，乐不可支。这就是"抬杠会"。余生也晚，没有机会欣赏这独具特色的"抬杠会"。

另有一说，抬杠源于用抬杠运灵柩。抬杠的人坚守岗位，不能"撂肩"，因此就有了"抬死杠""死抬杠"。抬杠的基本原则就是不能停、不能歇，扛得住、顶得起。这个说法还演化出了一句对白："你别在这儿抬杠！""抬杠你管得着吗？抬杠比打幡儿挣得多。"

一个并不复杂的现象，却出现了两种不同的来源，说明抬杠自身的复杂性。其实，我更乐于相信前者。正月十五，一面是秧歌队，一面是"抬杠会"，又热闹又搭配。而且，此时的抬杠，与二人转砸卦有着文化的同源性，只是砸的都是杠上的小丑。抬杠是门嘴上功夫，最高的战必胜、攻必克的抬杠手是杠精。这是一个至高荣誉，大致相当于欧阳锋或东方不败。有一种说法，当然也来自东北人——东北杠精多的原因在于抬杠比打幡儿挣得多。听着都吓人。

从心理学的角度说，小孩闹人就是为了获得他人的关注。杠精抬杠，也就是为了获得关注。和杠精在一起，没理可讲。不仅隔眼，而且隔路。你说东，他说西；你往南，他往北。他们是职业拆台者。专犯各种不服，也专治各种不服，让你横竖咽不下去。

放下"抬杠会"不提，抬杠原本是有自己专业名称的，那就是大名鼎鼎为杠而杠、不杠不爽、一杠到底的"拔犟眼子"。"拔犟眼子"也叫"中发白——死犟（将）"。例如："别天天闲得没事就拔犟眼子。"有人认为，"拔犟眼子"源于东北人制作大酱，每天要用酱耙子不停地捣大酱，捣到出气泡，叫"拔酱眼子"。因为我有这样的生活经历，又没有找到其他的来源，只能为它点赞。

杠精和"拔犟眼子"体现的是人们争强好胜的本性，不关乎明确的利益，未必就像达尔文所说的是为了争配偶、争食物、争房子、争地。仅仅是为争而争，为战而战。争斗中，鸡飞狗跳，一塌糊涂；到头来，鸡零狗碎，一地鸡毛。

据说，所有的杠精或"拔犟眼子"，老家都是山东偏县犟乡驴村憋死牛屯生人，他们也都是老和尚的木鱼、生了锈的铁砧——欠打。

杠精，或"拔犟眼子"，在抬到筋疲力尽，拔到声嘶力竭之后，总会以"别跟我扯哩个儿楞"结束。那么，"哩个儿楞"是什么？需要扯一扯。

"哩个儿楞"是象声词，胡琴拉出来的过门儿音。发端于京城，并不是东北方言土语，只是在东北的语义有了一些转变。

满族票友喜欢唱京剧，没有胡琴伴奏，就会用嘴模仿戏曲曲调，胡琴的过门儿，发出"哩个儿楞"的声音，相当于唱谱。"哩个儿楞"在京剧爱好者眼中是动听的词语，是漂亮话，不真诚，说的比唱的好听，可以释为虚情假意、不实在。

"扯哩个儿楞"的意思就是不着调、不靠谱，净弄虚情假意的事。要进一步加强语气，就说"扯什么哩个儿楞"！

东北缺乏京城的高山流水，很少有京剧票友，只能听一些塞外的下里巴人。"哩个儿楞"传入东北后，东北人又好奇又羡慕又有点儿蒙圈，本意不被理解，就误解为不着边际、不知所云、心不在焉的忽悠语言。"这事儿我懂，别跟我扯这哩个儿楞！"

当京油子沉迷于"哩个儿楞"的时候，东北的土豹子则在不断地回味二人转的"九腔十八调七十二嗨嗨"的花腔曲调。在东北，与"哩个儿楞"相似的词语很多，比如："旗鼓隆咚呛咚呛""呛呛起呛起，戗戗咿戗戗"，都是东北大秧歌的锣鼓点子。

当一个人杠而成精、拔而成犟的时候，除了无限坚持，就是要不断地学会扯，扯"哩个儿楞"。

# 东北粤：你那嘎达雷侯呀

    风从南方来。1979年，凤凰影业《画皮》在内地上映，香港影视走进内地人的生活。1982年，中原电影出品的《少林寺》在内地上映，一时万人空巷、风光无限。风气渐开，我们首先看到的并不是欧美，而是香港。

    人们没有想到文化名片的力量。1974年才出现的粤语流行歌曲，迅速被视为香港流行文化的代表，传遍华语世界。1977年，邓丽君《香港之夜》发行，让人如痴如醉。一切都是那么新鲜！高楼大厦、车水马龙、灯红酒绿、奇装异服，以及港人的港音港调。

    那时交通不便，东北人和广东人很少见面。大串联时青年人到广州，听不懂广州话，但并不好奇。同样的生活状态下，粤语只是一种方言土语，不被看好。

    1983年，电视剧《大侠霍元甲》在内地热播，主题曲

《万里长城永不倒》风靡华夏大地。接踵而来的就是《万水千山总是情》、《射雕英雄传》的主题曲《铁血丹心》、《上海滩》的主题曲《上海滩》……1984年，张明敏一曲《我的中国心》一夜之间红遍大江南北。香港粤语歌曲一路领跑，所向披靡。

东北人并不是简单的膜拜者、模仿者，与《香港之夜》对应的，是20世纪70年代在知青中流行的《沈阳啊沈阳，我的故乡》。"沈阳啊，沈阳啊，我的故乡，马路上灯火辉煌，大街小巷是人来人往，披上了节日的盛装……"

时代有太多的机缘巧合。录音播放机出现，并在东北——经济发达的老工业基地、拥有最多工薪族的地方得到普及。最时髦的年轻人，穿着港衫喇叭裤，戴着蛤蟆镜，提着四喇叭的播放机，蹬着自行车在街上狂奔。

"夜幕低垂，红灯绿灯／霓虹多耀眼／那钟楼轻轻回响／迎接好夜晚……在那美丽夜晚／那相爱人儿伴成双／他们拍拖／手拉手情话说不完。"那一代人，现在转战到了各个公园。

富豪的生活不懂但羡慕，富豪的举手投足不会但膜拜。香港人说的广府话，时髦帅气经典，耐人寻味，东北人咬不

贼拉魔性东北话

动"累海宾豆"，但总可以学着"洒洒水"。东北人模仿粤语凡四十年，形成了最富特色的"塑料粤语"——东北粤。

20世纪90年代以后，重工业受到冲击。那时我们没有感觉，以为仅仅是需要一场改革。现在看来，问题远比想象的还要沉重。东北重工业基地，与鲁尔区重工业基地，与英国的利物浦和曼彻斯特，与美国五大湖区的底特律、芝加哥和匹兹堡一样，陷入了经济泥潭，艰辛跋涉。不断地下岗分流，让东北人苦中作乐，到处都是低廉的卡拉OK。香港的歌曲柔情似水，情真意切，成了东北人的首选。

唱粤语歌的东北人，可能从来没有用粤语和别人聊过天，唠过嗑。在他们眼里，粤语不是社交语言，而是音乐语言，甚至是用来装大象（装相）的。东北粤是一口大铁锅，放一舀子苞米碴子，倒一瓢高粱花子，扔进一把苣荬菜，再放几块炖豆腐，而后再放一首超级流行的香港歌，四周贴上大饼子，文火慢炖。

香港人遇到东北人同样蒙叉叉。但香港人的好奇心应该没有东北那么重。因为让他蒙叉叉的除了东北话还有西北话，山东山西、河南河北的语言也让他们丈二和尚摸不着头脑。粤语有俗语"老屋飞入外来雁，鸡同鸭讲眼碌碌"。能够形成这样的俗语，说明广府人一直在受着语言的困扰，至少这种困扰远比东北人的感受要强得多。

天不怕地不怕，就怕香港人说普通话！和东北粤对应的是港普。东北人说粤语是用来调侃的，取笑对方装腔作势、装傻充愣。香港人说普通话则是为了适应和交流。而且普通话不是东北话，不普的普通话"大噶好，我系渣渣辉"，要比东北大碴子更上头。香港人说港普自带喜感。

2015年，一首模仿刘德华粤语口音的《咱们屯里的人》风靡网络。赵本山的原唱，换成了港音港调，就变成了"窝的老嘎，就住在这个屯，窝系介个屯里土生土长滴银。"

2019年，宝石Gem与陈伟霆的《野狼disco》单曲发行。把粤语歌曲与东北嗑做了完美融合。饱含东北元素的歌词"小皮裙儿，大波浪，一扭一晃真像样""捂住脑门儿晃动你的胯胯轴，好像有事儿在发愁"夹杂着"嘎哈呢""哎呀我去""哎呀妈呀""老铁"等典型的东北表述。

接受美是人的天性。香港的文化和艺术为内地人的生活带来了许多美感，并实实在在地融入了我们的生活。打边炉、拍拖、好彩等港式方言，不仅在东北，而且在全国各地都能被普遍理解，成为我们脱口而出的词语。

# 第三章
## 东北神兽

# 分布最广的王八犊子

《山海经》记录了很多神兽，那些胆儿大的画家为它做插图，把那些道听途说、充满幻象的形象落到实处，都失败了。相比于东北神兽，《山海经》里的神兽缺乏内涵，只能给个差评。

东北有九大神兽：土豹子、大马猴子、熊瞎子、毛驴子、兔崽子、黄皮子、傻狍子、王八犊子、白眼狼。九个神兽有八个后面带"子"，非常符合汉语名词的构成方式。一个词的后面能加上"子""儿""头"，说明它是名词。

九大神兽因为东北话而被赋予独特含义，听起来别有韵味。犊子是小牛，幼小的意思，鳖犊子就是小王八的意思。千万不要认为鳖犊子是恶毒的语言，它可能是爱心的表达。很多农村妇女在谈到他自己儿子的时候，也会说"我们家那个小鳖犊子"，或者是小兔崽子。人们会把那种急性子、暴脾气的人称作猫驴子，把没见过世面的叫土豹子。如果智商、情商出了问题，就是傻狍子。大马猴子和孙猴子一样，是一种完全臆想出来的神奇存在。所谓东北神兽，没有一只是兽，其实都是人，各种各样的人。在东北人的眼里，满街满屯都是兽，神兽。

东北最多的神兽，数量可能比东北人还要多的叫王八犊子。很多人都被骂过王八犊子，有的当面骂，有的背后骂，有的是老妈骂，有的是老婆骂，也有很多是同事、同学骂。还有的时候，会在拎起酒瓶子的时候骂。

王八学名鳖，后背的颜色与绿帽子有些相似。如果仅有这一巧合，料它也不会这么悲催。更关键的是，汉代大学问家许慎认为，这种动物只有雌性没有雄性，如果要繁育后代，就只能找蛇。因此，王八成了老婆红杏出墙、生活不幸者的代言人。

犊子和羔子都是小畜。世上不可能存在王八犊子和王八羔子，王八是卵生的，牛羊是胎生的，王八犊子王八羔子肯定比鸭嘴兽更新奇，一旦出现，必将是让上帝尴尬的生物科学新成果。无论是牛出墙，羊出墙，还是王八出墙，都生不出王八犊子来。

其实，生物界还真有卵生的哺乳动物——鸭嘴兽。但王八犊子却一直不被国人认可。

王八犊子是用来扯的，"你扯什么王八犊子""别跟我扯王八犊子"是东北大街小巷上最容易听到的语言。比"鼓捣猫呢（good morning，早上好）"的频率高多了。此外，人们还能听到的就是滚犊子、装犊子、瘪犊子、完犊子、护犊子，我这里暂时将其称为犊子系。

滚犊子简称滚，意思是让人离开。

装犊子简称装，具体装什么，随语言环境变化。可以装大象、装神弄鬼、装狗熊、装孙子、装聋作哑、装疯卖傻、装傻充愣，就是不装人。这是装的底线。

鳖犊子等同于王八犊子，有时他会被某些人写成瘪犊子。这两种犊子究竟有什么区别，我想它们本身都不会计较，我也没必要在这里掰扯。

护犊子是动物的本能，但在语言中却充满了贬义。表示某人对自己犯错误的孩子不批评，不教育，纵容娇惯，如"那个老娘们真护犊子"，不是一句好评价。

完犊子的本意是小牛犊或小羊羔出生不久就死了。用于形容某些想做的事情没有做成。"完犊子喽"则是无奈的感叹。

王八羔子出现的频率远远小于王八犊子。它只适合于长辈骂晚辈，很少同辈相称。如果一个老爷子说一个小孩儿是王八羔子、小王八羔子，可能是一种昵称。比如一个老人家说："我们家那个小王八羔子学习挺好，老师也很稀罕，现在都整成班长了。"这是一种骄傲，骂得眉开眼笑，并不是一种漫骂，不是生气。

如果一个儿媳妇在背后称呼她的公婆，或者称呼她的领导，一定是用王八犊子，而不会用王八羔子，它还可以增强一下，称之为老王八犊子。

无论是王八犊子、王八羔子，还是兔崽子，都是骂他妈妈生出了这么一个来路不清、二虎吧唧、四六不懂、五迷三道的家伙。

如果一个南方人到东北去谈判，只要熟练地掌握一句"别跟我扯王八犊子"，就能完成三分之一以上的工作。如果是准备掏钱的买家，东北人只要说价钱问题，就跟他说"别跟我扯王八犊子"，意思是对方报价不能带水分，必须满足自己的需求。如果他谈产品质量问题，就说"别跟我扯王八犊子"，意思是产品的原材料必须好，不能掺假使诈，工艺必须好，质量必须满足自己的需求。如果他谈工期和交货时间，依然跟他说"别跟我扯王八犊子"，意思是工期和交货时间必须按照自己的设计来完成，决不允许拖拖拉拉。如果大家端起酒杯，继续跟他说"别跟我扯王八犊子"，意思就是你要敬酒，他们必须喝；他们要敬酒，你根本不用喝。"别跟我扯王八犊子"，可以解决方方面面的问题。如果解决不了，再去弄顿烧烤。

扯王八犊子的精妙之处在于这个"扯"字，它有一种不经意间，信手拈来，不费吹灰之力，就可以让对方成为碎片的巨大破坏力。谁在扯？扯什么？为什么扯？怎么扯？都不确定，任意填充，任意置换。

# 熊瞎子和狗驼子

东北人喜欢说"看你那熊样""看你那熊色（sǎi）"，他们以为熊软弱无能，任人欺负。其实熊是什么？位居生物链顶端，连老虎都不敢招惹的霸主。我相信，如果一个人真长成个熊样，膀大腰圆，没人敢欺负。

熊，行动迟缓，外貌憨傻，低头走路，看起来挺窝囊，差股劲的样子。而且，熊虽然很厉害，却偏偏喜欢吃野果，造成了人们怕老虎、野猪，不怕狗熊的印象。

说熊是瞎子，证明人心不古。棕熊的视力是人的4倍左右，绝对比人心明眼亮。它可以闻到1500米外的陌生气味，谁想蒙骗它，绝对不好使。犬牙利爪是熊的武器。熊的舌头上长有角质化凸起，学名叫"丝状乳头"，我们习惯于叫它倒枪刺。要是让它结结实实地舔一下，这张皮要保不住了。

东北人说"脸被熊瞎子舔了"，就是骂他没脸了。用普通话文绉绉的写就是"觍（tiǎn）脸"，厚颜无耻的意思。东北人说觍脸，就是不害臊、不要脸。例如："你那点破事儿，还觍脸说啊？"

熊可以当动词，熊人就是欺负人，熊你就是欺负你。"太熊人了"就是"太欺负人了"。

熊蛋包，是对睾丸的蔑称。"你看他那个窝囊样，三脚踢不出来个屁，真是个熊蛋包！"再如"徐老蔫在堡子里就是一个熊蛋包"。

熊蛋包的原词应该是尿蛋包。尿是精液，有脓软的特点，形容人软弱。尿和熊发音相像，就借过来。尿，也说成雄。就这样一来二去，就出现了熊蛋包这个词。

熊根本不知道怎么回事。如果知道，肯定得气死。它会用锦州话质疑大家："你们说我瞎么虎眼、软弱无能了？有吗？人咋震看我们呢？"

黑瞎子敲门——"熊"到家了，说的是极端窝囊。熊遭遇如此蔑视，只有一个原因，就是因为熊与雄、尿的发音相近。这锅真黑、真沉。

真正了解熊的是渔猎民族。闯关东的山东人、河北人、山西人，从事农业和工业，大多没见过熊，没受到过威胁，没有恐惧感，也没有敬畏心。

而鄂温克、鄂伦春族对熊异常敬畏，并且认为熊是他们的先人。他们称公熊为爷爷，管母熊叫奶奶。如果猎到熊，也要举行仪式，跪下来对熊头敬烟、叩头，祈求熊的谅解，并保佑他们狩猎成功。他们还将食用过的熊骨包裹好风葬。

熊最悲催的不是被骂，而是被降低身份耍，成了耍狗驼子。

东北人说狗驼子，前边一定要带个耍字。无论是被别人耍，还是自己要耍，不耍的狗驼子，没有任何意义。

民间传说，狗驼子生活在大兴安岭和长白山一带，是比狗熊体型小的一种小型熊。它们被猎人捕获后，会被卖到耍把式卖艺的江湖人手中，鼻子被穿上铁环，被耍狗驼子的人牵着，走街串巷去表演，丑态百出，哗众取宠，和耍猴一样。几乎所有人都相信，这个传说的真实性。

如果真有狗驼子，它的命运是悲惨的。身为一头熊，一个王者，命运多舛，被倒卖，被穿鼻环，在皮鞭下为人表演。这让人想起雨果《笑面人》中的格温普兰。

狗驼子长期被耍，习以为常，甚至成了谋生的根本手段。它们已经完全不知道砢碜，丧失了熊性——熊所具有的兽性。如果真有一天离开耍它的主人，也会不由自主地自己耍自己。

我高度怀疑狗驼子是否存在！我国有四种熊类：大熊猫、亚洲黑熊、棕熊和马来熊。东北只有亚洲黑熊和棕熊。亚洲黑熊共有七个亚种，东北的黑熊除了东北亚种之外，没有其他。所谓狗熊，只是亚洲黑熊东北亚种的俗称，并没有一个小型的门类。

如果真有耍狗驼子的，他们耍的就是东北黑熊！而东北黑熊是亚洲黑熊中体格最大的。卖艺人耍得动吗？即便是有人敢耍，有人敢看吗？

我怀疑，所谓的狗驼子其实是人。耍的和被耍的都是人。甚至可能仅仅是老百姓对那些粗劣二人转表演，既缺少唱功，又没有绝活的讥讽。

在辽西地区，耍狗驼子还有一个解释，相当于碰瓷儿，在那里耍赖、讹诈，装成弱势群体，呼天抢地，打滚撒泼。

还有一个词和耍狗驼子很相近，那就是耍死狗。就是偷懒，装病，耍无赖。它应该是耍狗驼子的变种，和狗的死活没关系，如同东北人说"死鬼"。

狗和熊原本是两种不相干的动物。却因为狗熊、耍狗驼子，联系在了一起。

过去，婴儿的夭折率很高。人们相信，给孩子取一个卑微的名字，好养活。狗剩子、狗蛋、小石头、二愣子，都是合理的选项。这不仅是汉族人的习俗，也常被满族人使用。蒙古族也有给孩子起低俗名字的，但不是主流。

无论怎么说，没谁给孩子起狗驼子的名字，也没谁用狗蹦子做乳名。狗驼子涉及道德问题，狗蹦子则令人厌恶，这两个东西，不招人待见。

东北男孩儿叫狗剩子的很多。似乎要表明这是烂命一条，阎王老子就放过去吧。小孩有了这样烂贱的名字，能经得起各种磨难，化险为夷。

既然老大都叫狗剩子了，老二就叫二狗子吧。顺理成章，也便于记忆。

耍狗驼子可能与癞皮狗有关。癞皮狗也叫沙皮狗，皮很松弛，向下堆积，像个饱学的绅士，如今超级得宠。长疥癣的癞皮狗，比喻厚颜无耻、死缠烂打的人。

鲁迅甚至说："假使我的血肉该喂动物，我情愿喂狮虎鹰隼，却一点也不给癞皮狗们吃。"他对狗有偏见，不稀罕。对那些已经落水的、没有家的、挣扎得筋疲力尽的狗，还要痛打。他还说："赵家的狗又叫起来了。"

狗剩子推开临街的窗，看一个人躺在地上，说是被二狗子的自行车撞了，翻身打滚，引起很多人的围观，劝也劝不住。有人说他耍狗驼子，有人说他是个癞皮狗，还有人说他就是条死狗，不值得搭理。二狗子的妈也在屋里看到了，骂自己的儿子是个狗蹦子，到处乱跑，一会儿也不着闲儿。狗剩子想出门找耍狗驼子的人掰扯掰扯。但他成功的胜算很小，弄不好还会被赖上。一个耍狗驼子的，还需要跟他讲理吗？一个耍狗驼子的，还在乎你踢他两脚吗？

除了似狗非狗的狗驼子、厚颜无耻的癞皮狗、仗势欺人的二狗子，还有见风使舵、趋炎附势的变色龙；外强中干、内心胆怯的纸老虎；随声附和的应声虫；卖身投靠的寄生虫；自身不好，也不让别人好的癞蛤蟆。生存竞争并没有推动所有物种变得更高、更快、更强，有的则变得越来越猥琐、越来越卑微、越来越下贱，它们是多样性的明证，也是进化论的反证。

# 大马猴子和老虎妈子

　　东北民间传说，凡是不听话、到点儿不睡觉的孩子都会被大马猴子抓走。因为大马猴子喜欢听小孩的哭声，会寻声找到小孩，把小孩吃掉。满族摇篮曲唱道："悠悠扎，巴布扎，悠悠宝宝睡觉吧！狼来啦，虎来啦，大马猴子背着鼓来啦！"大马猴子是许多东北孩子的童年阴影。

　　有人认为，《山海经》里的山魈和大马猴子比较类似。山魈是山里的独脚鬼怪。有人认为大马猴子就是山魈，一种赤道附近的猴子。有人认为它是直隶猕猴，分布在最北部的灵长类动物。过去东北人没几个读过《山海经》的，没几个去过非洲的，也没见过猕猴。大马猴子是东北人为儿童创造出来的。据说，大马猴子经常吃树林里的毒蘑菇，它放的屁会让人产生幻觉。大马猴子是只有儿童才能理解，才感到恐怖的动物。

大马猴子只存在于祖母、母亲讲给儿童的语境中。这一点和王八犊子完全不一样。

《红楼梦》薛蟠有首歪诗："女儿悲，嫁个男人是乌龟；女儿愁，绣房里钻出个大马猴。"这只大马猴，是从绣房钻出来的。大马猴出了东北，就会犯生活错误。

东北没有狼外婆，少了个凶残角色，就弄个老虎妈子来代替。传说老虎妈子长得像老太太，披着人皮，是会说话的老虎，专门吃不听话的小孩。老虎妈子会在晚上敲门，如果小孩儿开门，老虎妈子进来后会摸小孩的头，脱掉老太太的皮，把小孩儿吃掉。

关东摇篮曲："拍呀啊，妈拍睡觉啦，老虎妈子你走吧，孩子听话他睡啦。拍呀啊，妈拍睡觉啦，老虎妈子又来啦，孩子快睡吧，孩子听话他睡啦，拍呀啊，妈拍睡觉啦。"

大马猴子和老虎妈子的故事既不完整，更不曲折，因为它的听众是懵懂无知的孩子。我小的时候，每天都是听着这两个故事入睡的。

大马猴子和老虎妈子的出现，说明当年的东北地广人稀，野兽经常出没。不能随意给陌生人开门，避免被野兽伤害，是儿童从小接受的教育。提防老虎妈子，还有一首歌："小兔子乖乖，把门儿开开。快点儿开开，我要进来。不开不开我不开，妈妈不回来，谁来也不开。"听着大马猴子和老虎妈子故事的孩子，对外面的世界有种恐惧感。那是一个丛林法则支配的世界。

改革开放之初，首先出现在珠三角地区的打工妹是湘妹子、川妹子、贵州妹子，根本没有东北妹子。东北人是不轻易离开故土的。因为在东北人的心目中，外面的世界是一个大马猴子和老虎妈子横行的世界。

在大马猴子和老虎妈子的淫威下，所有的孩子只能乖乖就范，该睡觉睡觉，让干嘛干嘛。

奥地利心理学家阿德勒说："幸运的人一生都被童年治愈，不幸的人一生都在治愈童年。"

大马猴子和老虎妈子是恐怖的童话，让人总有一种畏惧，不敢坚持自己的主张，不敢出门。这一切都很正常，正是对外面世界的畏惧，让我们懂得约束自己的行为。我们不知道狮子和老虎是不是也会做梦？不知道苍鹰会不会做梦？如果会做，它们也会做噩梦。

# 黄皮子黄仙黄二爷

东北神兽只有一种真正封神，其他都被打击谩骂泼脏水，成为冤案受害者。这个被封神的神兽就是黄皮子黄二爷。人们很少拿黄皮子骂人，说某某某是黄皮子，也很少用它打比方。它只活在各种东拉西扯的故事里。

跳大神请五仙，请的分别是狐仙狐狸、黄仙黄鼠狼、白仙刺猬、柳仙蛇和灰仙鼠。这五种动物在东北老打腰了，有些佛堂道观，比如沈阳的天后宫，还供奉着它们的神像。

黄皮子在五仙中杀出重围，踩着凌波微步，进入东北神兽行列，且穿官服戴暖帽，以"爷"自居，与福禄寿三星并列，受人顶礼膜拜，没有成为反派，本身就很神奇。

黄仙黄皮子本名黄鼬，俗名黄鼠狼，"给鸡拜年，没安好心"的那位。黄鼬的毛适合做笔，被称为狼毫。我的办公室和书房有很多狼毫笔，写字画画，多仰仗它的帮忙。

黄皮子是夜行动物，乡下的柴火垛、墙洞、荒坟地、乱石岗都是它的栖身之所。一种经常出没荒坟野冢的动物，身上一定会带些灵异。据说最喜欢在坟地盗洞的是獾子。狐狸喜欢不劳而获，就钻到獾子洞里，拉屎撒尿，弄得臊气熏天，逼獾子离开后，据为己有。"日落狐狸眠冢上"，说的就是这个现象。

黄皮子常偷偷进入农家偷鸡。它特别喜欢吸血，偷鸡也是先喝鸡血。黄皮子的臭腺能把人恶心得翻江倒海、灵魂出窍。黄皮子捕食的时候，会不断地跳舞，悄悄地释放它的臭腺，造成猎物的神经麻痹。庄户人家遇到黄鼠狼偷鸡，都会保持克制，不打不骂，让它们安全离去。因为黄皮子亦妖亦仙，人敬它会得到福佑，伤它必遭报复。它们会附身仇家，让人疯疯癫癫，喜怒无常，精神错乱，萎靡不振。

我奶奶跟我聊过，二十世纪三四十年代，我家院落里就有黄皮子，住柴火垛，进进出出，没人招惹。这很像印度人对待牛和猴。

黄皮子通灵，蛇、狐狸、王八远远不及。要把黄皮子通灵的民间故事收集起来，至少要邀请十几个蒲松龄级的人物，穷其一生，才能拼出一个比较完整的面貌。

如果黄皮子自认为修行到一定程度，会在月圆之夜，打扮成一个老头子的形象，穿件破衣，戴顶破帽，向人讨封。它问行人自己像什么？是像人还是像神？是不是像个大姑娘？如果行人说它像人，或说它像大姑娘，它就会幻化成人形。当然，它更希望被封为神。

东北二人转《跳大神》，唱的是"先请狐来，后请黄，请请长蟒灵貂带悲王。狐家为帅首，黄家为先锋，长蟒为站住，悲王为堂口。"显而易见，在巫婆神汉的心中，黄大仙占有重要地位，不可或缺。

东北人对仙对妖没有极度的恐慌，以为仙和妖就是一群底层小官，也可以拿来开玩笑。因此就有了"黄鼠狼掀门帘子——露一小手""黄皮子钻磨道——硬充大叫驴（硬充好汉）"等歇后语。

据说我爷去世前，请人跳过大神。大神唱唱咧咧一阵子，突然倒地，持续三天，才悠悠醒来，说他去了阴曹地府，打听到了一些情况，告诉我奶奶，人没有救了。

我患腰椎间盘突出后，在哈尔滨请人跳过大神，请的是狐仙。我相信，万物有灵，我们应该敬畏一切生命。

中原传统农耕文明的宗教是道教，东北传统渔猎文明的宗教是萨满教。南方人捉妖捉鬼求的是茅山道士，北方人驱灾辟邪求的是跳大神。但其中有交集的地方，就是对动物的崇拜。南方人信动物有灵性，搞了个五毒俱全的整蛊之术；北方人信动物有灵性，搞出五仙组团为人答疑解惑。

我常想用比较文学的办法，把旧时东北跳大神与湘西整蛊进行比较。这种比较是多元的。它们有太多似曾相识的元素。人们对世界的认识和想象如此高度一致，令人惊讶。

有人说五仙中的灰仙是老鼠，可能不确。老鼠是黄鼠狼菜单上的首选，没有平起平坐的辈分，并列不到一起。东北有俗语"黄鼠狼下豆杵子，一辈不如一辈。"豆杵子可能是达乌尔黄鼠或东方田鼠，比黄鼠狼弱小温顺，没有多大的法力，它们才是五仙中的灰仙。

只要家里有孩子，就知道什么是东北神兽。但黄皮子跟孩子没关系。黄皮子不属于孩子的天真，只属于老人的深刻。

# 不服管的猫驴子

　　首先声明：驴或小毛驴儿不是东北神兽。甘肃、银川、乌鲁木齐，都说毛驴子，蒙古人也说毛驴子。毛驴子太过普及，远超东北地界。况且，驴是西域物产，张骞出使西域时带入中国，辽代以后进东北。东北人是最后一伙养驴的。养驴的地点主要集中在辽西，所以，把毛驴子推举为东北神兽，牵强。

　　驴刚引入的时候挺受人尊重。建安七子王粲（字仲宣）很喜欢学驴叫。王粲死后，曹丕为他举行葬礼，曹丕说："仲宣平日最爱听驴叫，让我们一起学驴叫，送他入土为安吧！"随即学起了驴叫。所有参加葬礼的人都一起学驴叫，愣把丧事办成了喜事。

　　环顾家养的禽畜：牛能耕田，马能负重致远，羊能供备祭器，鸡能司晨报晓，犬能守夜防患，猪能宴飨速宾。驴算老儿？怎么可能封神呢？而且，无论是土豹子还是白眼狼，无论是熊瞎子还是黄皮子，首先得野生，不能靠人喂养，不能出卖劳动力，更不能任人宰割，驽马恋栈，背槽抛粪。没有尊严，还想封神，门都没有。

和牛马的顺从不同，驴有脾气。如果驴的个头比小毛驴小，脾气比小毛驴大，只认顺毛捋，戗茬尥蹶子，就可以晋升为猫驴子了。驴就是靠着自己的脾气秉性、反抗精神和不合作态度封神的。人喜欢低眉顺眼的服从者，但更欣赏桀骜不驯的反抗者，只是从来不说。但人把性格倔强的猫驴子封为神兽，表明人对反抗者的倾慕。尽管人是牲畜的主人，有着生杀予夺的大权，但人在人面前，也挺压抑的，也想成为一个为所欲为、敢尥蹶子的驴。

猫驴子能够成为神兽和孙猴子能成为齐天大圣，是一个道理。叉腰撒尿，压根儿不扶（服），百折不回，死不改悔。熬到最后，熬到对方崩溃，就是神。

在东北，驴不是拉车推碾子的牲畜，而是你说东它朝西桀骜不驯的品性。驴是形容词：形容一个人倔强、急躁。而真正的驴，阿凡提骑的那头、拉车推碾子的那头，性格没那么倔强、那么急躁。猫驴子是精神力量的象征。

可喜的是，猫驴子没有明确的主张。它只是倔，而不是执着；它只是失控，而不具有执行力。因此，得到了人的理解，没被看成刺头，没被列入严打对象，至今还有它的传说。如果不是这样，"天上的龙肉，地下的驴肉"，驴肉早就入选东北十大乱炖，或成为海城馅饼的主料了。至今，东北各地的名菜里都没有驴肉，说明驴在保护自己，它在拿捏尺度上绝对是一等一的高手。倔得正好。

倔强和急躁是性格评价，不是道德评价。作为形容词的驴不褒不贬，有时还有点偏褒义。我有个邻居，老人家就管他的儿子叫大驴子、二驴子、三驴子。作为褒义的驴，表达情绪直来直去，不隐藏，不拐弯，过后不计较。在老百姓看来，这种人心眼实，够哥们，最可交，甚至还有点高尚。"老赵为人热情，做人也实诚，就是那驴脾气，让人不好接受。"这个评价可以给个良好。

如果一个人的驴脾气太重，重到令人讨厌，那他得到的评价就是牲口、畜生。"你说他干啥？那个驴子玩意就是个牲口。"

公驴喜欢半夜叫，传说驴是阴间的龙，两只大长耳朵能听懂鬼说话，看得到鬼差在勾魂。乡下人说，驴叫唤，是驴在跟鬼说话，只要晚上驴叫得厉害，就说明有人死了。这说法让驴有了成为神兽的神秘力量。但更可能的原因有三个：一是想弄点吃的；二是有敌情；三是想找个异性驴。驴的叫声中气十足，"哦——啊，哦啊——，哦啊——"，特别响亮，大叫驴由此得名。不知道为什么，至今也想不通，大叫驴基本上被选定为女人的外号，我念书的时候，每个学校都有叫大叫驴的女生。

有人很牛，有人很虎，有人很驴。驴在这里面与牛和虎分庭抗礼，一点不逊色。

活驴子是一句骂人的话，但要仔细听，里面也许还有褒奖的意思："真驴""那小子，插上尾巴就是头活驴"，说的都是性格。如果老师评价一个小孩儿是活驴子，说明这孩子学习成绩不太差，甚至人缘也不太差。如果一个总经理评价一个年轻人是活驴子，说不定这个年轻人能做工段长、车间主任或者质检员。在基层单位、生产一线，活驴子是可以被委以重任、可以依靠的力量。

如果总经理评价某个年轻人是白眼狼，是二虎吧唧的彪子，那他肯定没任何机会了。如果说某人是土豹子，也是从内心瞧不起。这样比较起来看，活驴子是最高评价。

有好事者著文说，驴最倔的表现就是驾着车，行驶到路口，会随便或突然转向别的路口，因此有"驴行八道"的说法。驴行八道肯定不是一个好词，与它等同的是耍驴，都是不可理喻耍无赖的意思，是对一个人的根本否定。

　　驴行八道的说法肯定不对，如果这句话能够用八条道做解释，那么胡说八道怎么解释？它应该是驴性八道。八道只是一个语气词，用于强调。胡说八道，说的是一个人太能胡说，驴性八道说的是一个人的驴脾气太重。

# 谁是真正的傻狍子

　　傻人有傻福，天公疼憨人。狍子以傻封神，傻到极致就是精到极致，是绝无仅有的正解。

　　说到傻狍子，不知何故，我的思维会一下跳跃到罗马帝国皇帝克劳狄乌斯身上。克劳狄乌斯自幼就有口吃和小儿麻痹后遗症，只知看书和赌博，是公认的傻子，却被禁卫军用刀枪扶持成罗马帝国皇帝。即便是做皇帝也很傻，妻子竟然在他出差的时候公然和别人举行婚礼。就是这样一个傻得不能再傻的人，在死后名字被列为神灵。

　　我们还是继续唠傻狍子。狍子也叫矮鹿，草黄色，尾根下有白毛，雄狍有角，雌无角，是东北最常见的野生动物之一。

　　把狍子和傻子联系在一起，因为狍子的好奇心极强，已经超过了它的害怕程度，也就是说猎人布置好陷阱后，它可能明知道这是陷阱，也要冒险去试上一试。

傻狍子并不傻，只是它对这个世界抱有太美好的认知。狍子好奇心很重，看什么都想一探究竟，甚至追击者突然大喊一声，它也会停下来看。所以有经验的猎人如果一枪没打中狍子，也不会去追逃跑的狍子，因为狍子跑一段时间会颠颠地跑回原地，看看刚刚发生了什么事。好奇未必能害死猫，但"好奇害死狍"的确是真的。

说狍子又萌又傻主要是因为以下几点：第一，狍子在受到惊吓以后，并不是马上离开，而是会把屁股上的毛炸开并打量好久以确定有没有威胁性；第二，狍子在夜晚的时候经常会朝着车灯的方向跑，以至于会被车撞死。

狍子遇到敌人时，会像鸵鸟一样把头埋进雪中。

东北人喜欢看热闹，遇到打架斗殴，都会往前跑，抢占离事主最近的位置。

傻狍子是许多人的口头禅，特别是一些东北姑娘，总是喜欢说人是傻狍子。女生叫男生傻狍子，就是对男生很有好感，觉得他很傻、很可爱，也可以是一种爱称。

傻狍子是很多人的爱称。

生活在黑龙江地区的赫哲族有一句民谚："棒打狍子

瓢舀鱼，野鸡飞到饭锅里。"这肯定是说给外人听的，且具有夸张的痕迹。清朝后期，铁路还没有铺设，黑龙江地广人稀，只有很少的鱼皮鞑子和撵鹿人，偶尔会过去一些参加冬捕的鱼把头。有了"棒打狍子瓢舀鱼"的召唤，那些闯关东人找到了奋斗的目标。天高地迥、号呼靡及的北大荒，渐渐人满为患。富足的资源在高增长的人口面前开始捉襟见肘。随时都能吃到野味的美好日子退入幽深的记忆深处。

赫哲人不知道，他们对家乡赞美的民谣招来了多少觊觎者？今天，再想棒打狍子，肯定不行了。狍子已经很少，法律也进行了限制。如果没有这种夸张的民谣，如果这种民谣没有被他们中的知识分子传播出去，他们或许依然过着自得其乐的自足的生活。

东北狍子具有极强的集体主义精神。它们在长白山深处，听到一声枪响，会四下逃散。但它们担心是不是有同伴失踪了，会小心翼翼地回来寻找同伴。直到第二声枪响，逃散，驻足，再回来寻找……

相较之下，傻狍子完全不同于马赛马拉大草原上的斑马、角马和瞪羚。它们不关心自己的队友，也许丢失的是亲兄弟、亲姐妹，也都表现得非常木然。而这些狍子，是如此执着，如此重情，如此好奇，如此舍生取义，能说它们傻吗？

从这个角度看，它作为东北神兽，具有神性。

看似傻了吧唧的东北狍子，在漫长的进化过程中练就出少有的生存技能：雌狍可以让受精卵延迟着床，以便后代能够在最理想的来年6月份出生。目前已发现的具有这一特性的哺乳动物有一百种左右，包括熊猫、北极熊、黄鼠狼和海豹。而且雌狍可以控制自己的胎儿中止发育，等到了食物丰富的地方再让其发育。这项计划生育的技术让人类望尘莫及。

物竞天择。狍子没有凶猛的武器犄角，狼、老虎、豹子、熊、野狗都是它的天敌。它却在白山黑水间，分布广泛，种群很大，说明它们是优势物种，是胜出者。它有它的生存智慧，不仅不傻，而且很精明。

# 心高气短的土豹子

　　如果把土豹子解释成"远东豹的俗称，猫科，是豹族中数量最少的成员之一"，真就白瞎了东北人的智慧和幽默！如果东北人知道百度百科的作者是谁，一定连个正眼都不给，就把他归到"土豹子"行列里。

　　远东豹出没于北方寒带地区的森林、灌丛、湿地、荒漠之中，在浓密树丛、灌丛或岩洞中筑巢，昼伏夜出，以有蹄类动物为主食，也吃兔子和老鼠，甚至还能吃一点浆果，我行我素，过着独居生活。远东豹头小尾长，黄色的皮毛上，满布黑色环斑，让人联想到古铜钱，所以又叫"金钱豹"，绝对高端大气上档次。

　　历史上，东北的远东豹种群就非常小。清廷罗列的东北贡品清单包括乌拉草、人参、貂皮、东珠、鲟鳇鱼、松子、蜂蜜等百余种物品，打牲衙门还狩猎麋、鹿、熊、野猪、松鼠等。他们在张广才岭收缴虎皮、虎骨。但对金钱豹没提过明确要求。东北的远东豹处于极度濒危状态,早已经被国家列为一级保护动物。

可以想象,即便是东北最传统的猎户,可能世代都没有见过金钱豹的样子。把豹子说成土豹子纯粹是无中生有,缺少基本的依据。

虎啸山林,豹走青川。土豹子另有来源。

19世纪60年代,陕西汉中的沔县(今勉县)的山区出现了一批捻军,捻军和清军不断摩擦。捻军"一股一伙","居者为民,出者为捻",在山谷中辗转腾挪,其来如虎,其去如鼠,根本发现不了踪迹。清军构建寨堡,坚壁清野,又调动沔县当地农民团练共同消灭捻军。当地农民团练耐劳习险,对山地地形十分熟悉,让捻军苦不堪言,骂这些农民团练为"土豹子"。表明这些农民就像土生土长、最熟悉地形的豹子一样。这是"土豹子"第一次出现在文献中。

捻军是有清一朝最难缠的民间组织之一,实力不逊太平军。消灭捻军是历史的大事件,与这一历史事件相关的各种传说和故事流传甚广。所以土豹子这个词传得很开,并不是东北独有的。

按照这个说法，土豹子不是东北话，而是西北话。东北并没有这种神兽，神兽是随着闯关东的人群混进东北的。

土豹子是一支部队给另一支部队起的绰号，有蔑视的意思，也有某种赞许和无奈。八路被说成是土八路，和土豹子有关。八路军说自己是土豹子，表示装备和粮饷不如国民党军其他番号正规部队，而战斗力不容小觑。

土豹子的"土"是指没见过大场面大世面、不入流的乡下人，说别人，是轻蔑；说自己，是自谦。它进入东北的时候，首先被扣在了山炮的脑袋上。山炮都是土豹子。而后，随着那些被气得拉帮套的山炮走进村落。此时此刻，土豹子如虎落平川，再也没有了杀伐之气。

"你看他穿得埋了吧汰儿的，走道儿扬了二儿怔的，说话虎了吧唧的，活脱脱就是一个土豹子。"正就是一个土豹子的画像。

"我们这群土豹子，没见过什么大世面"可能是一支队伍，来到一个新地方，立足未稳的谦辞。说这话的人，从骨子里看，可能是来收编的，未必是来投靠的。这时的土豹子，情礼兼到，屈高就下，绵里藏针。

东北大批土豹子的出现，是农民进城的时候。土豹子最明显的特征未必在城里，而是他从城里回到了屯子里，表现出见过世面、目空一切的样子。土豹子是那种自我感觉很潮很时尚，别人眼里却很low（俗气）很out的人。

土豹子常常被说成是土包子。但"土包子开花，没治了"，却很难给出合理的解释。"土包子开花"是指小人得志便猖狂或得意即忘形，又无法改变。我认同这种解释，但仍然不理解土包子是怎么开花的，又怎么没治了。

讲个笑话：一个土豹子进城，看到人家开运动会正在举行田赛比赛。回到乡下就跟大家说："我在城里看着法官枪毙人了。他喊'预备'，犯人都猫腰；他枪一响，犯人都跑了，一个没打着，前边用绳拦都没拦住！"

和土豹子相似的是泥腿子。泥腿子出身更卑微，但手里有活儿，更被认可。所以人们常说的是泥腿子出身，意味着现在裤子上已经没有泥了。和泥腿子相比，土豹子嘚瑟，因为有金钱豹纹，看着就有钱有势，其实就是个土柴狗。从这个角度上看，泥腿子说的是表，土豹子说的是里。

和土豹子相近的，还有老赶。老赶的问题是少见识、没经验、缺知识。泥腿子和老赶遍地都是，成为不了神兽。

神兽要有神性，有兽性。土豹子不缺这两项，心高气短，志大才疏，装腔作势；如真有机会，就会牛气冲天，仗势欺人。

和很多难得一见的神兽，比如老虎妈子不同，土豹子的种群数量虽然没有村头的狗多，但相当普及。土豹子和狗驼子是镜像关系：土豹子仰脖，狗驼子低头；土豹子人前显贵，狗驼子装熊卖惨。二者都喜欢在人多的地方出现。

当山炮和拉帮套时期的土豹子销声匿迹后，20世纪80年代，新一批土豹子开始崭露头角。他们是乡下第一批穿西装的人，西装袖头上的商标永远不能剪下来。当然，西装不能水洗，干洗又没有条件，所以就油滋麻花、皱皱巴巴。如果好好想想办法，还要配金丝边眼镜。要把浑身上下都武装起来很困难，解决了上半身解决不了下半身，鞋还是那双黄胶鞋。

给我印象最深的第一批土豹子，现在在跳广场舞。但他们应该不是跳那种集体舞，而是交际舞——动作幅度很大的探戈。他们腰杆溜直，动作娴熟，依然有风光无限的感觉。

如果说白眼狼和王八犊子是招人恨的，兔崽子和活驴子是招人烦的，老虎妈子和大马猴子是让人怕的，土豹子和狗驼子则是让人鄙视的。土豹子一直在江湖里打拼，却没混出名堂，没有地位；尽管被封了神，但只是衰神。

东北深山老林里神秘莫测的"金钱豹"，从来没有会过土豹子。真正有实力的，不屑于与土豹子为伍。

如果仅仅作为生活态度，当土豹子不好吗？

# 讨人嫌的兔崽子

　　"兔崽子"是小兔子，不萌，不可爱，多用来骂人。这和现代人的认知完全不同。现代人看到的是"小兔子，白又白，两只耳朵竖起来；爱吃萝卜爱吃菜，蹦蹦跳跳真可爱。"毛嘟嘟的小兔子，被说成了冰冷的兔崽子，其间有难以言说的隐情。

　　2000年前的无神论者王充，写了本《论衡》，说兔子是通过舔自己的毛怀孕的，生的时候，还要从嘴里吐出来。这让我感到王充不仅不是一个无神论者，还是一个造神者。兔子并不是神龙见首不见尾的珍稀野生动物，而是家畜。王充对它生活习性描述得如此跑偏，令人惊讶。

　　晋代《博物志》对兔子怀孕的描述与王充很相似："兔舐毫望月而孕，口中吐子。"只是多了个望月的步骤。我的妈呀，兔子似乎是孤雌繁殖！

众口铄金。这些人剑走偏锋的描述，使"兔"成为淫乱的女性代表。它的孩子——小兔崽子，就成了血统可疑的私生子。

到了明清的时候，兔子成了娼妓的代名词，再后来只代表男妓。再后来，兔崽子就成了男妓和女人生养的孩子，地位降到了冰点。

从自然的、客观的角度看兔子，则是另一番风景。兔子分为穴兔和野兔。所有我们驯养的家兔都是穴兔，所谓"狡兔三窟"者是也。但更多的兔子是不会挖掘洞穴的。它们居无定所，公兔不停地去找不同的母兔，母兔只能偶遇不同的公兔，随遇而安。在自然状态下，兔子的家庭关系很松散。没有墙也不存在出墙，没承诺也不存在信守。

东北人管刚生下来的小马叫马驹儿，刚生下来的小羊叫羊羔儿，刚生下来的小牛叫牛犊儿，刚生下来的小猪叫小猪羔儿，刚生下来的小兔叫兔崽子。只有兔子的童年没有享受儿化音的待遇。从名字就知道，兔崽子不得宠。

"兔崽子！你敢瞪我！"这里的兔崽子仅仅是一句不友好的称谓，没有特指。

"你个小兔崽子，往哪儿撒尿呢？"这话可能就是孩子妈说的。在东北，孩子妈管小男孩叫小兔崽子的时候太多了。我想她们都不知道，这个称呼会把自己也搅进去，而且给自己带来的伤害远比孩子要大。

东北老乡没那么深厚的文化底蕴研究雌兔的生活作风问题，也没机会到明清的风月场聊兔子的事儿。朴朴实实的老百姓，说哪个晚辈是小兔崽子，只是说他活泼好动，没有恶意。

小兔崽子不是东北原生的神兽，而是从关里跑出来的偷渡客。小兔崽子，出身不好，但本身人畜无害。如果我们一定要把小兔崽子作为东北神兽来描述，特征是：顽皮捣乱、惹是生非、令人讨厌的小男孩儿。

东北二人转也流传有关于兔子的各种荤段子。


大多可以使用兔崽子的地方，都可以用狗杂种、王八羔子、龟儿子替换——严重的血统不纯，无论是兔爸爸还是狗爸爸，究竟是谁，只有它妈心知肚明。

古人认为，世上所有的乌龟都是雌性，要繁育后代就得找一条雄蛇相配。这是有腿的和没腿的跨越，是有壳的和没壳的跨越，铁板钉钉的乱来。神兽的世界，忒乱！我们搞不懂。

我很好奇，先民对动物观察如此粗糙，连兔子怀孕、乌龟下蛋，都能搞错。他们还告诉我们，壁虎是长虫的小舅子，甚至一错千年，错成了文化。

尽管使用兔崽子的地方，都可以用狗杂种、王八羔子、龟儿子替换，但在东北，没有人用龟儿子来替换。同样是骂人话，龟儿子受到了异常的打压和排挤，排名最后。

在西方，兔子的作风同样受到诟病。兔子繁殖力强，某些事儿做得肯定多，因此成了淫欲的象征。提香有一幅很知名的画《圣母与小兔》，收藏于卢浮宫，画的是圣母左手按着一只兔子。画作提醒人们，要降低色欲。

西方复活节的彩蛋，是用来孵化小兔子的。用彩蛋孵化兔子是个扯淡的事儿，说明小兔子的来历确实很蹊跷。值得关注的是那只蛋，王八是下蛋的。王八和兔子的关系真的让人好奇。

"兔女郎"源自现代欧美文化，是情趣、性感的代名词。这也和中国的认知不谋而合。这种认知是偶然相遇，还是同宗同源、确有传承关系，朋友们可以继续刨根问底。

王八犊子、兔崽子，不知道是王八劈了腿，还是兔子出了轨。无尽的猜测，就是东北人所说的扯，东拉西扯，扯闲淡，扯老婆舌。

其实，陕西等地就有给孩子戴兔帽、穿兔儿鞋、做兔枕头、吃兔形花馍的习俗。这些习俗，除了欢乐，绝不会有诋毁的意思。陕西的兔子到了东北，命运就变了，上哪儿说理去？

# 无中生有的白眼狼

　　狼可能是世上最大的冤案受害者。狼子野心、狼心狗肺、狼狈为奸、引狼入室、鬼哭狼嚎、如狼似虎、狼吞虎咽、虎狼之师，说的都是狼的凶残。但在自然界，狼的团结协作精神、狼的智慧，却很少被我们发现。究其原因，狼是和人争抢生存空间最多的食肉类动物。狼和人一样具有高度的社会性，因此它对人的威胁也最大。

　　在东北，站在食物链顶端的动物是东北虎，但一山不容二虎，东北虎单打独斗，形不成大的战斗力，对人的威胁也很小。所以人经常嘲笑它们虎。但人从来不嘲笑狼，只是恨得咬牙切齿，骂得发指眦裂。因为真正给人造成威胁的是狼、狼群。人骂狼是对狼的能力的最大认同。

　　河北人马中锡，写了一篇《中山狼传》，是中国文学史上最负盛名的写狼的寓言，为我们仇视狼提供了一个形象支撑。

中山狼遭人痛恨，不在于它有狼子野心，而是忘恩负义、翻脸不认人。《红楼梦》说："子系中山狼，得志便猖狂。"

河北人戈革曾作诗："一生不戴乌纱帽，半路常逢白眼狼。"

白眼，是说没眼珠，看不到东西。白眼狼是说瞎眼睛，没人性，过河拆桥，恩将仇报。

如果一个人的眼白，也就是巩膜特别大，黑眼珠，也就是角膜特别小，角膜的颜色又浅，比如说是浅灰色的，对于我们黄种人来说，就有种凶神恶煞的感觉。

想象一下一只狼只有眼白，没有黑眼珠的情况！这简直就是瘸一条腿、瞎一只眼的江洋大盗形象。

白眼狼不是东北特产，它最早出现在中山国。它可能从来没到过关外，如果到过，也会因水土不服回原籍了。怎么可能滞留东北呢？

打狼的，是东北常见的词，说的是孩子的成绩在班级里排名靠后。可能的原因是，如果几个人在行走时遇到了狼群，最容易遭受狼攻击的往往是走在最后面的那个人。所以最后的那个人就被称为打狼的。

东北人很忌讳说狼，怕的是说啥来啥，说曹操曹操到。要说狼，就用张三替代。这里有一个玄妙的故事：

有一个人叫张三，路遇一个老头。老头送给他一条手巾，并告诉他，要想吃肉，把小手巾蒙在头上就能实现。张三得到这个宝物以后，就经常把小手巾蒙在头上，出门就能看到肉，大快朵颐。

有一次，张三和妹子出门。他掏出手巾蒙在头上，低头一看，脚下一堆肉，于是就吃了。吃完摘下小手巾一看，妹子没了，只有妹子的一个小布包放在树下。张三心想，一不做，二不休，于是蒙上小手巾，转身回家。他见爹在园子里摘豆角子，上去把爹吃了。他见娘坐在炕上纳鞋底子，上去把娘吃了。

张三从此小手巾也不摘了，他奔向草原和荒野，从此变成了狼。所以人们管狼叫张三，管张三叫狼，是说它吃红肉拉白屎，转眼无恩。

东北地区对狼很忌讳，一般吃饭时禁忌说狼，如果有人不知道无意间说了，那就把一个空碗倒扣在桌子上，然后用筷子蘸水，在碗的底部点三下，画圈，左三圈，右三圈。破煞。

# 性情刚烈的虎和彪

现在，老虎比供奉在庙里的神还威风。谁要是把它汗毛碰倒了，得乖乖扶起来。谁敢太岁头上动土，老虎头上拔毛，用虎骨泡酒，用虎须治牙，非蹲监坐狱不可。

东北不缺虎，号称东北虎。清康熙帝一生至少猎杀135只东北虎。康熙二十一年（1682）东巡时，射杀老虎39只，最多的一天射杀了5只。过锦州松山时，亲手射伤了一只猛虎，一直追到南关才把老虎射杀，留有"老虎关"的美称。

很有可能猎杀老虎就是做一道证明题，证明自己很勇敢。马赛马拉大草原上的马赛人猎狮子，只是成人礼仪式。其实他们根本就不吃狮子。图尔卡纳湖湖畔生活的埃尔莫洛部落，以捕杀鳄鱼为勇敢的表现。直到今天，他们的捕鳄行动还是被允许的，因为他们以鳄鱼为食。马来西亚毛律族，用砍下敌人人头证明自己的勇猛，砍得越多，越受人尊敬。

而现代玩家都喜欢驾着小艇去钓金枪鱼，目的就是通过战胜食物链顶端的生物实现过瘾的欲望。

而那些狮子、老虎，世世代代不懈努力，爬到了食物链的顶端，却成了人过瘾的目标和证明的证据。因为它们不知道，食物链顶端的并不是狮子、老虎、秃鹫、雄鹰，也不是鲨鱼、鳄鱼，而是人。在食物链的低端，一个动物猎杀另一个动物是为了果腹；在食物链的最高端，人猎杀某种凶猛的动物可能只是为了取乐。

老虎被猎杀的过程就是人类获取快乐的过程。人类的快乐就在于：老虎，你很牛，但我比你牛。

但老虎想不明白，它既然成了百兽之王，已经成了神，虎×为什么不能取代牛×，成为值得炫耀的最高级？反而成了令人鄙视的悲催的最低级，被说成虎逼扯扯的；成了二中最二、傻中最傻、窝囊中最窝囊的一员。

东北人非常喜欢说谁谁谁"虎"，意思是那个人天不怕地不怕，什么事情都敢干，遇事不走脑，说话不着调，不考虑后果，经常犯很低级的错误。说白了就是傻。如果东北人觉得这样说不过瘾，为了加强语气，他会说这个人"二虎"，就是又二又虎。但东北人还有一个习惯，想把一个意思凑成四个字的词，这就是"二虎吧唧"。有的时候也说成"虎了吧唧"。

东北人的真实完整的想法是：没有虎的威风，就别养成虎的作风；没有虎的霸气，就别耍虎的脾气。

俗话说，老虎不发威，你别把我当病猫。老虎不发威的时候很懒散，躲在树木和草丛之中，动作很轻微，因为它不想浪费体力。虎啸山林是极少出现的事情。因为老虎一声吼，就会吓跑它未来三天五天的口粮。它严格自律，低调低调又低调。

俗话说：虎生三子，必有一彪。还有一个故事：凡虎将三子渡水，虑先往则子为彪所食，则必先负彪以往彼岸，既而挈一子次至，则复挈彪以还，还则又挈一子往焉，最后始挈彪以去。盖极意关防，惟恐食其子也。（《癸辛杂识》）

这只是个古老传说，用科学的解释是，一只母老虎根本养不起三个娃。彪是被遗弃的那个。它从小被赶出家门，自生自灭，因为没有帮手，没有伙伴，没有亲缘纽带，因此行事诡秘而狠毒，最能隐忍，最为独断，一招制敌绝不手软，是虎中之虎。

明清武官官服的补子依次是麒麟、狻猊、豹子、虎、熊、彪。彪是六品武官的标志。彪出身寒门，没有机会运筹帷幄，决胜千里，只能好勇斗狠，因此，被排在了第六品。

和东北一样，山东的虎也多。"苛政猛于虎"的典故就来自山东。武松在山东打的虎，鲁智深也在山东打过虎。山东人如何看待老虎，也会把这种认知在闯关东的时候带到东北。

彪子，原本是山东省东部沿海方言，随着人口迁徙进入辽东半岛，成为大连人的口头禅。

由此还衍生出了涞（lǎi）大彪、耍大彪、酒彪子，意为七个不服八个不忿，行为举止远超能力范围，故意表现出彪的样子。

"虎"和"彪"也用作褒义，形容人果断，做事不受约束，很厉害，有闯劲，让人折服。带有褒义的虎和彪，与带有贬义的虎和彪没啥区别，只能通过说者和听者之间的关系和语气慢慢体会。虽然东北人把虎说得一无是处，却以东北虎自居。这就是语言的魅力所在。

"你真是虎！"

"你是不是彪？"

# 后 记

　　也许是无聊生恶趣，也许是拿肉麻当有趣。东北话有恶俗的一面，我们没必要捍卫它的存续，但也不能对其视而不见。

　　我们接触地方方言，接触不到元宇宙、多极世界、光刻机、5G通信、俄乌战争等词语。方言表达习俗和情绪，特征就是骂人。

　　有的东北人喜欢套近乎，把人际关系描述成三叔二大爷的血缘关系。闯关东初来乍到，没有根基，投亲靠友，更懂得见风使舵，顺水推舟。兜比脸干净的时候，说"赶明儿请你吃饭"一点不犹豫，这是老一辈成功者的经验。为了出人头地，不停地"装"；但也是极端利己主义者，用人朝前，不用人朝后。

　　有的东北人喜欢喝酒，喝的时候跟灌豆秆子似的，拼起酒来，叉腰撒尿——压根儿不扶（服）。结果，当场钻桌底下的、喷呲花的、断片儿的、不省人事的，到处都是。如果还醒着，还能说话，那就开始吹牛。

喜欢吹的，肺活量超大，扯山撒海，交浅言深，舞舞喧喧，舞舞扎扎，忽忽悠悠，万事不打锛儿，满嘴都是"好使""必须的""关系杠杠的""妥妥的"。

喜欢抬杠的遇到吹牛的，就产生了杠精。急头掰脸，别别愣愣，东扯葫芦西扯瓢，嘴巴啷叽，说话不着调，不靠谱，变成一个死犟眼子。

喜欢反悔的，吹牛的结果是遇事麻爪儿抽筋儿，秃噜反仗，从扒瞎到抓瞎，走投无路，丢人现眼，艮不溜丢（不爽快），蔫了吧唧，躲躲闪闪。所以，东北人坚信酒桌上的话不算数。

东北那嘎达的人，说话猛，比蒙汗药还猛。开口一阵搂，不用看火候。出口非常顺溜，入口十分黏稠。看气势就犯愁，听声音就上头。

很多人把骂人当成是一种亲近的表达。一边说"你××的"一边笑着搂人家的脖子。他们拍着人家的肩膀说："你这个××，够意思！"很多人不知道这是愤怒还是夸赞。他们说："你他妈跟哥们说句实话，我够意思不？"骂你，是把你当兄弟。没人知道这是怎么推导出来的。

打开电视或者手机，看那些小品，你就会发现：讲东北话的是农民，讲上海话的是知识分子，讲广东话的是大款。方言土语就这样被定位了，并非是区域性的特征，而是一个标签。

东北话具有很明显的治愈性。如果能抓住机会蹦着高把别人骂一顿，就会起到疏肝解郁、理气宽中、调经止痛的作用。对发烧流涕、头晕乏力、消除水肿、胃肠积滞、实热内结、大便不通具有特殊的功效。同时，还可以实现升阳举陷、补中益气、益气健脾、渗湿止泻的效果。

有人会说，没有二十年的脑血栓，得不出这样奇葩的结论，不知道老铁们怎么看。

我喜欢东北人。我在这个环境中长大，是其中的一员，且血统纯正。剖开我的每一个细胞，里面都有东北人的劣根性。我跟这些人不仅同根同源，还同型同款。乌鸦落在猪背上——谁也别说谁黑，豁子吵嘴——谁也别笑话谁。

从19世纪末到今天，120多年。东北经历了农业化、殖民化、工业化、城市化，从重要的工业基地，发展成老工业基地，形成了独有的文化，形成了东北话。

东北话正处在活跃的上升期，新词语、新表达不断涌现，对关内流行语的接纳反应迅速。当有人提出"万物皆可盘"的时候，"盘他！"已经响彻东北大地。

语言是鲜活的，具有旺盛的生命力，不断地推陈出新。新技术、新梗、新段子也会不断涌现。

我们通过相声和大鼓书了解中国天津卫，通过探戈和涂鸦了解阿根廷，通过嘻哈音乐和说唱艺术了解非洲，通过伏特加了解俄罗斯，也通过二人转、大秧歌和东北话了解中国东北。地方流行文化并不能完整表达，但也能凸显当地的风土人情。

东北话容易传播。只要一个宿舍里出现了一个纯粹的东北学生，一周之后，检验一下这个宿舍，所有人的东北口音都初呈显性。一个学期以后，全班同学的东北口音呈显性。他们的大碴子味儿口音，显示出地域序列略有不同。

笔者做文字匠，咬文嚼字，砚田笔冢，凡千万言，却不曾用方言俚语写过东西。行文至此，意犹未尽，写几行大白话，权作诗或歌。毕竟，讲乡土乡情，最真切的还是乡曲乡音：

把东北土话寄回老家，

给东北故事扬一把风沙。

我想知道狗剩子、二愣子、三驴子，

都在嘎哈哪？

我想问问二丫儿、小尕豆和翠花，

都嫁到了哪嘎达？

我们一起扇啪叽，抽冰尜，欻嘎拉哈。

我们一起粘蚂蛉，抓蛤蟆，逮绿蚂蚱。

青黄不接时我们挖小根菜，找刺嫩芽。

大地收割后我们刨茬子，翻地瓜。

我们一起藏猫猫，提了蒜卦，稀里马哈。

我们一起堆雪人，鼻涕拉瞎，舞舞扎扎。


胡子拉碴满头花发，还说没变尬不尬？

随口说出了外号，却忘了大名叫啥。

不再问候你吃了吗，只说出去整点吧。

不再询问你嘎哈呢，只问娃都挺好吧。

我不想问今夕何夕，

只想知道这嘎达是哪儿嘎达？

辽塔盘旋着当年那群老鸹，

决堤的河道上铺了橡胶坝。

高楼侵占了长酸枣的地方，

工厂的大烟囱已经扒掉啦。

刺棵里雪眉子跳上跳下，

北窗上的霜花正在融化。

没有乡土，乡愁无处安放。

没有乡音，乡情没法表达。


海蛎子、沙蚬子、苣荬菜和大碴子，

还有大曲、老窖、凌川、凌塔。

我们聊着酸菜排骨，却喝着粤式早茶；

我们回忆小鸡炖蘑菇，却点了千岛沙拉。


敬岁月一杯酒，它为我珍藏着曾经的韶华；

敬回忆一杯酒，它让我相信天涯不远匣儿；

敬乡土一杯酒，它陪伴我长眠的爸爸妈妈；

敬乡音一杯酒，它牵着我找回梦里老家。


泪眼八叉的泪花掺进了啤酒花，走一个吧！

磨磨叽叽的车轱辘只能是醉话，干一个吧！

家里有啥事你就说不要客气啦，捅一个吧！

兄弟，都在酒里呢啥也不说啦，再整一个吧！


再整一个吧！

东北话正在从自卑走向自傲，从低俗走向娱乐，从东北走向全国。但这掩盖不了怀旧的大背景，在社会变革、技术进步、信息爆炸的今天，无法完成对新思想、新理念、新科学、新技术的表达，这必将在信息化时代得到消解。这是区域文化的宿命。

东北话不仅包含着我落笔写下的文字，也包含着无限丰富的肢体语言、各种表情肌的排列组合、语音语调抑扬顿挫。只用文字表达一种语言的鲜活生命和鲜明特色，负重涉远，力有不逮，独木难支，技所不及，远远不够。

如果我能提供一个角度，并能为之把薪助火，添砖加瓦，摇旗呐喊，做力所能及的贡献，则幸矣，足矣。

欢迎来到俺们老家！

"东北在哪嘎达？"

## 老把头的"开眼"

把每次发现都看作是第一次发现，把每次获得都视为第一次获得。怀一颗感恩之心，才能去除边际效用递减，惊喜永远爆棚。

出马仙

群众：这是喝了多少假酒啊？

狐仙：都是一个山里的狐狸，别跟我提《聊斋》！

黄大仙：老大，他问股票能不能涨？

白仙：老大要是知道，还干嘛出马呀？

跳大神的：这事儿得给弟子办明白！不然就没红包啦！

花子房的笑声

他是谁？他从哪嘎达来的？
他到哪嘎达去？
他来咱这嘎达嘎哈？他咋奈样尼？

锦州人质疑全世界的哲学命题

东北重工业烧烤

铁锅炖大鹅

这大鹅多风光啊！这么大的铁锅，能伸开脚。

可不是嘛！锅小了，就得斩件！

多加点儿土豆，提味！

多加点劈柴，炖烂烂糊糊的！

### 正宗鸡伴侣

老母鸡：葱伴侣是大酱，猪伴侣是粉条，鸡伴侣是榛蘑。
我们只吃高粱苞米草籽蚂蚱，不吃饲料不吃
药。我们的蛋杠杠的！

大公鸡：这鸡毛掸子，自己拔的毛，绝对不掺假！

满嘴跑火车

## 拉帮套

土匪：大雪封门，抢劫板块全跌停啦。

老公：形势喜人，形势逼人，土匪下岗了！

女人：你可别说啥都没有，你这不还有一
膀子力气吗？

土匪：让驴歇歇吧！挎上枪，我是匹狼，
套上车，我就是头驴。

撺鹿人

"尝一尝山炮的厉害吧!"

## 这可咋整

掉黑洞里头，我们可以想办法；掉虫洞里面，我们可以想办法。掉钱眼里，这可咋整？根本就没办法。

**神秘莫测的度量衡**

一脑门官司的大幺母,带着她的一屁股饥荒,还有独门暗器不远匣和一骨碌重出江湖,凭着绝世武学撒泡尿工夫,只用一筷头子,眼瞅着杀了老鼻子,还整了个浪。

## 三岁看老

二愣子长大了，就是二叔；
三驴子老了，就是三大爷；
丫蛋儿嫁人以后，就是七姑奶；
翠花还小，不知道会成为谁的八姨姥。

你瞅啥？瞅你咋的！

### 东北的神兽

从小就是王八犊子，不久又成了兔崽子，大点儿当了二狗子和傻狍子，再后来成了活驴子，还有的演变成二虎八叽的彪子。

彪子：别啥事儿都往我身上推！那些傻事儿不是我干的！

驴：这你也想撇清？你是真彪啊！

### 哪儿来的王八犊子

牛：今天你必须说清楚，这个王八犊子是怎么来的？

王八：你问我，我问谁去？这么大个蛋，不可能是我下的！

牛：整出这种丢人现眼的事儿来，你让我怎么见人？

王八：咱俩有没有事，你心里没点数吗？

## 杠精

起手式：你说得不对！

众生相：目高于顶，目空一切，目中无人。

职业操守：给我一个喷点，我能杠起一个地球。

我没有观点，但我反对你所有的观点。

杠精杠钢筋，谁能杠过谁？

猫驴子

倔的根源是妄想和错觉。

**老兔崽子**

老猪: 千年老兔子, 偎在嫦娥怀里装嫩, 算什么东西?!

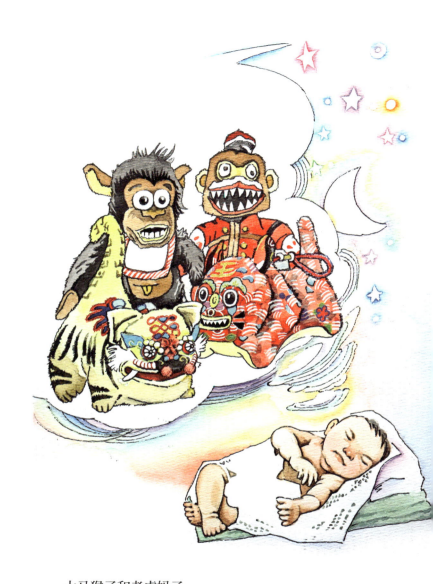

## 大马猴子和老虎妈子

每个孩子的梦里都有不同的大马猴子和老虎妈子。